I0613643

Yf 862

CHOIX

DE

PROVERBES.

SEMUR, TYP. VERDOT.

CHOIX

DE

PROVERBES

DESTINÉS A ÊTRE REPRÉSENTÉS

Pour les Distributions de Prix, dans les
Communautés et Pensionnats de Demoiselles,

SUIVI DE LA PREMIÈRE PARTIE DU

JOURNAL D'UNE JEUNE FILLE,

 Mme , Institutrice à Nancy

DIJON

CLUNET, LIBRAIRE-EDITEUR
Rue de la Liberté, 24.

—

1855

CHOIX
DE PROVERBES.

—⚬⚬—

Qui sème du vent recueille des tempêtes.

—

Personnages : { Mlle GERMAIN, institutrice.
ELISA, son élève.

(Elles travaillent)

Mlle GERMAIN, *à Charlotte qui entre.*

Qu'avez-vous, Charlotte, vos yeux sont rouges, est-ce que vous auriez pleuré?

CHARLOTTE.

Je ne mérite pas d'être dans la compagnie de ces dames; Mademoiselle, j'ai été méchante comme un démon depuis que je ne vous ai vue.

MADEMOISELLE GERMAIN.

Cela est bien mal, mon enfant, mais vous reconnaissez votre faute; si vous en êtes fâchée, c'est déjà quelque chose, il ne s'agit plus que de la réparer, commencez d'abord par l'avouer devant ces demoiselles.

CHARLOTTE.

Je n'oserai jamais, Mademoiselle, cela est trop honteux, et ces demoiselles ne pourront plus me souffrir.

MADEMOISELLE GERMAIN.

Elles n'auraient guère de charité, ma chère, si elles pensaient ainsi; elles savent que nous sommes toutes capables de commettre les plus grandes fautes, si nous ne le faisons pas, c'est par une pure miséricorde de Dieu, et celle qui serait assez orgueilleuse pour mépriser un pécheur qui se repent serait elle-même bien criminelle devant le Seigneur. Mais, ma bonne amie, quand même il serait vrai que ces demoiselles vous mépriseraient à cause de votre faute, il faudrait consentir à cette humiliation.

Vous n'avez pas craint de vous rendre méprisable aux yeux de Dieu en péchant, et vous craignez d'être méprisée des créatures; cela n'est pas raisonnable, je parie que c'est votre orgueil qui a causé votre faute, il faut le punir en l'avouant.

CHARLOTTE.

Vous avez raison, Mademoiselle, mon

orgueil fait que je regarde les domestiques comme mes esclaves, et cela fait que je me mets en colère quand ils me contredisent. Hier, après avoir beaucoup mangé, je m'amusais à rompre mon pain par morceaux et à le jeter contre terre, ma gouvernante a dit à ma servante de m'ôter ce pain, et moi j'ai dit que j'avais encore faim et que je le voulais manger. Je mentais, ma bonne, je n'avais plus faim, c'était par esprit de contradiction. Ma gouvernante, qui voyait cela, a commandé une seconde fois à cette fille de m'ôter mon pain, et, comme elle a obéi, je lui ai donné un soufflet, j'ai frappé des pieds, j'ai voulu l'égratigner.

MADEMOISELLE GERMAIN.

Vous avez raison d'être honteuse, ma chère enfant, cela est bien horrible, mais je ne veux pas vous faire des reproches, car je vois que vous vous en faites à vous-même.

Mais, pour que votre repentir soit efficace, il faut avoir recours à Dieu et prier; allons, Charlotte, c'est là où il faut chercher du secours, vous avez un grand nombre d'ennemis à combattre : l'orgueil, l'entêtement, la colère ; vous n'en viendrez pas à bout si vous êtes toute seule ; mais si Dieu combat avec vous, vous remporterez certainement la victoire, et cela sans avoir autant de peine que vous vous l'imaginez.

CHARLOTTE.

On vous a fait un joli portrait de mon caractère, mais on ne vous a pas dit non plus que souvent on me force à me mettre en colère en m'obstinant mal à propos. Après tout, Mademoiselle, chacun a son caractère, et je vous assure que celles qui parlent du mien en ont encore un plus mauvais.

MADEMOISELLE GERMAIN.

Ah ! voilà que ça revient, ce que vous dites là n'est pas bien, ma chère, vous savez que vous devez du respect à celles qui m'ont avertie.

CHARLOTTE.

Je sais que je dois du respect à ma mère, mais elle ne vous aurait rien dit si ma servante ne l'avait pas fait parler, et je ne crois pas devoir du respect à ma servante.

MADEMOISELLE GERMAIN.

Vous êtes dans l'erreur, Mademoiselle, la personne que votre mère a mise auprès de vous, et qu'il vous plaît d'appeler votre servante, a reçu ordre de votre mère de veiller sur votre conduite ; par conséquent, elle tient sa place, et vous lui devez du respect. J'ajoute même que vous en devez à tout le monde, que vous vous en devez à vous-même en conservant votre dignité, et que, si vous ne changez pas votre caractère, personne ne vous en devra.

CHARLOTTE.

Je suis d'un rang qui me donne les moyens de me faire respecter, quand même on ne le voudrait pas.

MADEMOISELLE GERMAIN.

Puisque vous me forcez à vous dire des vérités dures, je vous avertis, mon enfant, que, loin d'avoir du respect pour votre personne, je vous méprise plus que les femmes qui vendent par les rues, vous n'avez au-dessus d'elles que votre orgueil ; or, c'est un titre qui n'inspire du respect à personne. Je vous prie, Mademoiselle, (*Lui ôtant son ouvrage.*) de ne point travailler quand je vous parle et de m'écouter avec attention.

CHARLOTTE.

Je ne fais point de mal en travaillant.

cela m'amuse, et c'est par mauvaise humeur que vous voulez me priver de ce plaisir, mais je ne laisserai pas pour cela de continuer.

MADEMOISELLE GERMAIN.

Il y a du mal à travailler, quand une personne à qui vous devez du respect vous parle, et vous m'en devez aussi bien que de l'obéissance.

CHARLOTTE , *en riant.*

Moi, je vous dois du respect et de l'obéissance !

MADEMOISELLE GERMAIN.

Oui, ma très-chère , et certainement ; si vous m'en manquez, ce sera intérieurement, car je ne le souffrirai pas ; je commence par vous montrer que je suis votre maîtresse ici, en jetant votre ouvrage au feu. Je suis charmée que vous donniez de nouveau un échantillon de votre méchanceté , je commencerai aussi à vous montrer ce que je sais faire. Je ne me flatte plus de vous rendre bonne , mais, au moins, je suis sûre de vous rendre la plus malheureuse de toutes les créatures.

Pour commencer, je vous avertis que vous resterez le jour avec des personnes de votre sorte, c'est-à-dire sans éducation, et que vous mangerez avec les servantes de cuisine.

ELISA, *à Charlotte*.

Ma chère, si vous voyiez combien vous êtes devenue laide, depuis que vous parlez insolemment a Mademoiselle, vous lui demanderiez pardon tout à l'heure.

MADEMOISELLE GERMAIN.

Laissez-la, mon enfant, elle ne mérite pas qu'on s'intéresse pour elle, je suis pourtant charmée, mes enfants, que cela se soit passé devant vous. Cette leçon vous fera plus de bien que tout ce que je pourrais dire sur l'orgueil.

ELISA.

Ma bonne, quand je pense que j'étais comme cela, il y a sept mois, cela me fait trembler. Que je vous ai d'obligation de m'avoir aidée à me corriger !

MADEMOISELLE GERMAIN.

Vous aviez de la bonne volonté, ma chère amie, d'ailleurs, vous n'aviez que sept ans, le dragon d'orgueil qui était dans votre cœur était encore tout petit, nous l'avons étranglé facilement, mais le dragon de cette malheureuse créature est

fort, il a treize ans, et il l'étranglera elle-
même au premier jour. — Qu'avez-vous
à pleurer, Élisa?

ÉLISA.

Mademoiselle, vous savez que j'aime
ma cousine de tout mon cœur, jugez combien je suis affligée de la voir si méchante.
Est-ce donc qu'elle est déjà trop vieille
pour se corriger ?

MADEMOISELLE GERMAIN.

Il n'est jamais trop tard, ma chère,
mais il est vrai qu'elle aura plus de peine
à se corriger aujourd'hui qu'elle n'en aurait eu hier, et que cela sera plus difficile
de jour en jour Je vous recommande a
toutes de prier beaucoup Dieu pour elle,
afin qu'il la convertisse.

ELISA.

De tout mon cœur, Mademoiselle, mais
peut-être qu'elle a du regret à présent de
toutes les sottises qu'elle a faites. (*Charlotte rit ironiquement.*)

MADEMOISELLE GERMAIN.

Non, mon enfant, je m'y connais; elle
crève d'orgueil actuellement, elle fait ce
qu'elle peut pour paraître gaie, parce
qu'elle croit me braver par là, et elle
étouffe d'envie de pleurer; la pauvre en-

fant croit me donner du chagrin et elle
m'en donne effectivement, car elle se fait
un grand tort à elle-même. Pour moi,
qui ne m'intéresse à elle que par charité,
si son orgueil ne blessait pas son âme que
j'aime, je lui pardonnerais de bon cœur
toutes les sottises qu'elle m'a dites ; cela
ne m'a pas donné la fièvre , ni mal à la
tête, elle m'en dirait cent fois davantage
que cela ne pourrait me faire du tort.

Adieu, mes enfants, je suis fâchée que
cela nous ait dérangées.

ELISA, *embrassant Mlle Germain.*

Ma chère amie, pour l'amour de Dieu,
ne laissez pas ma cousine dans son orgueil, pardonnez-lui. Mon Dieu , si elle
mourait cette nuit, que deviendrait-elle?

MADEMOISELLE GERMAIN.

Mais, ma bonne amie, quand je lui
pardonnerais, le bon Dieu ne lui par-
donnera pas , si elle n'a point de regrets.
(*Charlotte se jette en pleurant entre les bras
de l'institutrice.*) Voilà l'orgueil qui crève,
courage, mon enfant, avez-vous regret de
votre faute ?

CHARLOTTE.

A quoi cela servirait-il ? vous dites
que je suis trop vieille pour me corriger.

MADEMOISELLE GERMAIN.

Je ne dis pas cela, mon enfant, mais je dis que vous aurez plus de peine qu'une autre. Si vous vouliez me promettre de faire tout ce que je vous dirai, je pourrais vous promettre aussi qu'avec le temps vous deviendriez bonne.

CHARLOTTE.

Je ne sais ce que je veux; je vois bien que je suis un monstre d'orgueil, que ces dames doivent me mépriser, que vous devez me haïr et que je me hais moi-même.

MADEMOISELLE GERMAIN.

C'est déjà quelque chose que de savoir tout cela, mon enfant Prenez courage, vous avez une occasion de vous corriger que vous ne trouverez jamais... Profitez-en. D'ailleurs, considérez combien vous serez malheureuse si vous ne le faites pas. Votre mère vous a abandonnée à ma discrétion, je trahirais sa confiance si je vous laissais avec vos défauts. Me voilà donc dans la nécessité de vous tourmenter misérablement, car, il est bien sûr que j'offenserais Dieu si je vous laissais telle que vous êtes. Ne vaudrait-il pas mieux que nous fussions

bonnes amies et que nous travaillassions
toutes les deux à vous corriger petit à
petit! je ne demanderais pas l'impossible.
D'ailleurs, tout ce que je vous dirai, ce
sera par amitié, et non pas pour vous donner du chagrin, je n'aime pas à gronder,
et je vous assure que je serai malade de
ce que j'ai fait aujourd'hui.

CHARLOTTE.

Mais si je vous promets de me corriger, me ferez-vous manger avec la servante de cuisine?

MADEMOISELLE GERMAIN.

Oui, ma chère, vous y mangerez ce
soir pour punir la sottise que vous avez
faite aujourd'hui. Quand on a véritable-
ment envie de se corriger, on fait de bon
cœur les choses qu'on nous ordonne pour
cela.

ÉLISA.

Permettez-moi d'y manger aussi, ma
bonne amie, afin qu'elle ne soit pas si
honteuse.

MADEMOISELLE GERMAIN.

Je loue votre charité, mon enfant,
mais il ne faut pas diminuer sa peine, elle
mérite de la souffrir; elle s'est abaissée
au-dessous de cette servante par son or-

gueil, et je vous assure qu'elle est actuellement la dernière des créatures aux yeux de Dieu. Il faut donc qu'elle rachète son rang par cette réparation ; cela lui attirera la grâce du bon Dieu pour devenir meilleure, mais, pour cela, il faut qu'elle le fasse de bon cœur. Charlotte, je vous laisse la maîtresse là-dessus, mais, pensez-y bien, j'ai dans l'esprit que cela vous corrigera.

CHARLOTTE.

Puisque vous croyez que cela peut servir à me corriger, je le ferai, mais cela est pourtant bien horrible de souper avec cette créature.

MADEMOISELLE GERMAIN.

Cette créature est une créature tout comme vous, ma chère enfant, et comme elle est une brave fille et qu'elle fait bien son devoir, c'est une créature actuellement au-dessus de vous; si elle savait combien vous êtes méchante, elle ne voudrait pas vous faire cet honneur, et se croirait déshonorée; car, enfin, il n'est point honteux d'être née fille d'un paysan, d'un savetier, de demander l'aumône, d'être servante, tout cela ne déshonore point, tout cela n'est point un péché et ne mène point à l'enfer. Mais il est honteux d'avoir de l'orgueil, cela damne.

Vous avez lu l'Evangile, Charlotte, n'avez-vous pas vu que Jésus-Christ, qui est le roi du ciel et de la terre, était si pauvre qu'il est né dans une étable ? Il a pris des pauvres pour être ses compagnons, et celui qui passait pour son père, était un pauvre charpentier, quoiqu'il fût de la famille royale.

CHARLOTTE.

Allons, je prends une bonne résolution, oui, Mademoiselle, je souperai avec la servante de cuisine.

MADEMOISELLE GERMAIN.

De bon cœur ?

CHARLOTTE.

Oui, de bon cœur.

MADEMOISELLE GERMAIN.

Venez m'embrasser, mon enfant, faisons la paix. Je commence à espérer quelque chose, puisque vous vous êtes soumise généreusement à la punition que je vous ai imposée, je vous en dispense cette fois et je me contente de votre obéissance.

CHARLOTTE.

Vous êtes bien bonne de me pardonner

ainsi, je vous assure que cela me rend toute honteuse d'avoir pu vous donner du chagrin

MADEMOISELLE GERMAIN.

Que cela vous serve, chère enfant, pour vous rappeler toujours que :

Qui sème du vent recueille des tempêtes.

A chacun selon ses œuvres.

Personnages :
- MARIE.
- EMMA.
- PAULINE.
- EUGÉNIE.
- AMÉLIE.

MARIE.

Ma chère, cela commence par m'ennuyer, je le dirai bien à maman, il n'y a plus moyen de rester ici avec mademoiselle Pauline.

EMMA.

Quoi donc? qu'y a-t-il de nouveau, tu te seras encore prise aux cheveux avec elle comme cela t'arrive si souvent? tu devrais être plus raisonnable et lui céder. quand ce sont des choses si peu importantes, puisque tu es plus grande qu'elle.

MARIE.

Oui, je voudrais bien t'y voir, tu crois, toi, qu'il est bien gentil de ne pouvoir plus s'amuser tranquillement sans qu'un petit démon vienne à tout moment vous dire : (*Contrefaisant la voix d'un enfant gâté.*) Moi, je veux m'amuser à ci, je veux m'amuser à ça! Non, il faut que ça finisse ; je le dirai à Madame, et si Madame n'y fait rien, eh bien! je le dirai à maman, et on me mettra dans une autre classe.

EMMA.

Allons, allons, monte-toi bien la tête, va, cela arrangera bien ton affaire, oui, dans une autre classe, tu crois que tu auras gagné de commettre cette ingratitude envers ta maîtresse de pension qui te donne des soins de mère ; tu crois que tu ne trouveras plus le désagrément dont tu te plains ici. — Ma chère, il y a des enfants gâtées partout, je puis t'en parler, obligée, comme fille de militaire, de changer souvent de pension, j'en ai déja vu de toutes les couleurs depuis bientôt dix ans que je travaille à devenir un puits de science.

MARIE.

Comment! il y a dix ans que tu vas en classe, ah bien! sans te faire de compliment, tu n'es guère avancée; moi, je ne

me crois pas un aigle, mais je suis plus
jeune que toi, et avoue que je fais moins
de fautes d'orthographe que toi.

EMMA.

Ça n'est pas généreux de me reprocher
mon peu d'instruction, Marie, puisque
tu sais bien que je fais tout ce que je
peux pour profiter des bonnes leçons de
Madame. Mais, comme je viens de te le
dire, j'ai été malheureusement obligée
de changer bien souvent de pension, et il
n'y a rien qui empêche autant les progrès; car, n'est-ce pas, me voilà bien en
train ici, je commence à comprendre et
ma grammaire et tout ce qui s'en suit, je
fais mes devoirs régulièrement, c'est très-
bien, mais voilà un ordre qui oblige papa
à quitter la ville, me voilà obligée de
mettre mon esprit à une autre méthode,
à une autre routine; pendant ce temps-
là, je n'apprends rien; quel désagrément
n'est-ce pas, sans parler encore des livres qu'il faut changer, ce qui ennuie bien
maman, va!... Mais qu'est-ce que nous
disions déjà?... Eh! je te disais qu'il y
avait des enfants gâtés dans toutes les
pensions, c'est aussi inévitable que les
pensu s.

MARIE.

Eh bien ! si les maîtresses de pension
les corrigeaient, elles ne resteraient plus
des enfants gâtées, tiens !

EMMA.

Tu crois cela, c'est bon ; si les maîtresses de pension les corrigeaient, leurs
parents les retireraient, et voilà tout.
Dans la dernière classe où j'allais, je me
rappelle, une fois, Madame, après avoir
usé d'une indulgence bien grande envers
une petite fille que je vois encore....
tiens ! elle ressemblait à Pauline, elle
avait cette figure pâle et de mauvaise humeur, ces dents noires qu'ont toujours
les enfants que l'on dorlotte trop, à ce
que dit maman, eh bien ! un jour, pour
une faute grave, une tromperie, je crois,
Madame la met en retenue, le lendemain, (*Frappant dans ses mains.*) elle ne
revint plus.

MARIE.

Eh bien ! le grand mal.

EMMA.

Non, c'est vrai, le mal n'était pas
grand pour nous, pour notre maîtresse il
l'était un peu plus ; car les parents de
cette petite-là n'ont pas été dire : Nous

avons retiré notre fille de cette pension-
là parce qu'on voulait la corriger de ses
défauts, tu penses bien qu'on leur aurait
ri au nez, mais ils ont été dire partout,
et qu'on ne soignait pas les enfants, et
qu'on n'apprenait rien, que sais-je, moi?
une quantité de bêtises qui, tout en me
faisant rire lorsqu'on les racontait à maman, me faisaient de la peine, car, vois-
tu, ça doit faire un mal affreux à ces
pauvres maîtresses de pension de se savoir ainsi déchirées, quand elles usent
leur vie, leurs forces à notre service.

MARIE.

Sans doute, ma chère, c'est pénible
pour elles, mais c'est cependant leur devoir de corriger les défauts de leurs
élèves.

EMMA.

Mais, que tu es donc bonne, est-ce
qu'il y a moyen de corriger les défauts
d'une enfant gâtée? Est-ce que cette petite
fille-là a été corrigée de ses mensonges?
Mais non, elle a été les reporter dans une
autre classe, et voilà tout.

MARIE.

Si tu n'es pas forte en orthographe, ma
chère, tu es forte en raisonnement, on

voit bien que tu as voyagé : quiconque a beaucoup vu peut avoir beaucoup retenu, dit le *Pigeon* de La Fontaine.

EMMA.

L'*Hirondelle*, tu veux dire, tête de linotte que tu es.

MARIE.

Eh bien ! soit ; c'est toujours un volatile quelconque.

EMMA.

Oh ! mais un moment, ma chère. quand on veut se mêler de faire des citations, il faut tâcher de les faire justes. Veux-tu que je te donne un petit conseil en échange des bons services que tu me rends parfois, lorsque mon esprit, moins prompt que le tien, ne saisit pas aussi vite les explications de Madame ?

MARIE.

Je n'aime pas les conseils, mais voyons, j'écoute les tiens, parce que.... parce que.. .

EMMA.

Eh bien ! chère Marie, je t'engage à faire un peu moins parade de ta science, tu as une mémoire heureuse, c'est vrai, mais comptant trop sur ta facilité, tu apprends tout à la légère et tu ne retiens

rien parfaitement, de là toutes sortes de
pataquès que l'on excuserait davantage,
si tu n'avais pas un air si sûr de toi-
même ; d'ailleurs, en aucun cas, va, je
l'ai souvent entendu dire à maman, les
airs tranchants ne vont à une jeune fille,
car, à notre âge, même la plus savante
de nous ne sait pas grand'chose, je t'en
réponds.

MARIE.

Cependant, j'entendais papa dire l'autre jour, je ne sais plus à propos de quoi,
*dans ce monde on vous prend pour ce que
vous vous faites* ; eh bien ! si je veux *me faire*
instruite, on me prendra comme telle.

EMMA.

Écoute, c'est bien difficile de t'expliquer ce que je ne comprends moi-même
que bien confusément. Je ne suis pas
dans le cas de savoir si la maxime de ton
papa peut être juste, mais je sens que
nous autres jeunes filles, nous ne devons
pas avoir les mêmes règles de conduite
que les hommes ; notre vie à nous doit
être toute cachée, tout humble, et si
nous acquérons de l'instruction , ce ne
doit être que pour donner à notre esprit
le goût des choses sérieuses, ce qui nous

empêche plus tard d'aimer les choses frivoles, qui amènent le vide de l'esprit, la méchanceté, la medisance, et puis, plus tard, nous pourrons au besoin comprendre un frère, un mari, qui trouvera plus d'agrément dans notre société, que si nous ne pouvions parler que chapeaux et robes.

MARIE.

Ma chère, mais je te regarde maintenant avec un grand respect, je t'engage à te faire prédicateur, tu en as toutes les qualités voulues.

EMMA.

Je n'ai que de l'attention à ce que nous dit Madame aux instructions religieuses, car, rappelle-toi qu'on nous a dit tout cela pas plus tard que samedi passé.

MARIE.

Oui, je me rappelle.... mais que veulent ces deux-la avec leurs airs mystérieux. (*S'adressant aux deux jeunes filles qui s'avancent en se parlant bas.*) Faites-moi donc un peu part de vos secrets, dites ?

Eugénie et Amélie arrivent.

EUGENIE.

Volontiers, ma chère, tu pourras même nous aider.

AMÉLIE.

Il s'agit de mademoiselle Pauline.

MARIE

De Pauline, faut-il lui jouer un mauvais tour? j'en suis.

EMMA, *moitié souriante.*

Madame nous disait encore samedi qu'il faut pardonner les injures, et notre *Pater* ne nous le dit-il pas tous les jours, rappelle-toi un peu.

MARIE.

C'est vrai, mais, vois-tu, quand il s'agit de Pauline, je n'écoute plus rien, elle me vexe depuis trop longtemps.

EUGENIE et AMÉLIE.

Et nous donc.

MARIE.

Eh bien ! voyons, entendons-nous. Qu'est-ce que vous voulez lui faire?

EUGENIE.

Résister enfin à ses volontés, à ses caprices.

MARIE.

Résister, résister, ça vous est bien aisé à dire, voilà au moins le centième complot de cette façon que vous formez contre elle, vous chuchotez, vous dites des secrets, et puis voilà tout.

AMÉLIE.

Oh ! mais, cette fois, je n'en resterai pas là, c'est justement ce que je disais à Eugénie, n'est-ce pas Eugénie? quand nous sommes arrivées.

EUGÉNIE.

Oui, après avoir longtemps cherché par quel moyen on pourrait la vexer, mais la vexer fort, là. ... nous nous sommes dit que nous voulions faire une grande ligue.

MARIE.

Oh ! mais, ma chère, on voit que tu abordes Henri III, ça n'a pas été sans peine, dis donc.

EUGENIE.

Comment veux-tu que je dise? *ligue,* c'est cela, nous y ferons entrer toute la classe, ce qui ne sera pas difficile, allez, car chacune en veut à Pauline, nous ne lui parlerons plus, nous ne lui répondrons plus, on ne la laissera plus jouer, on ne fera pas semblant de la voir ni de l'entendre, et nous verrons comment elle se trouvera de ce régime.

MARIE, *frappant des mains et sautant.*

C'est ça ! c'est ça !.. il s'agit mainte- nant de s'entendre avec toutes en particulier, sans que Pauline s'en doute, je m'en charge, attendez-moi là, je vais arranger tout cela, vous allez voir, quelle joie! (*Elle sort en courant.*)

EUGENIE.

Et toi, Emma, qu'est-ce que tu dis de notre plan ?

EMMA.

Moi, je dis que je n'aime pas tout ce qui ressemble à de la malice envers une compagne, mais que, comme il peut en résulter du bien pour le caractère de Pauline, j'approuve votre idée, à condition que vous me laisserez tranquillement étudier pendant que vous jouerez.

EUGÉNIE.

Si tu aimes mieux étudier, à ton aise, je ne te dérangerai pas, mais, ma bonne, tu es si douce et si complaisante que je regrette toujours que tu ne sois pas de nos jeux.

EMMA.

Eh bien ! n'est-ce pas, vous ne ferez pas trop de malices à Pauline. (*Elle tire un livre de sa poche et se promène en étudiant.*)

AMELIE *prend sa corde et saute.*

Moi, j'aime mieux sauter. (*Elle chantonne.*)

Arrive une bande de jeunes filles, elles se tiennent toutes par la main, et rondent en chantant ; les deux autres s'y joignent.

Pauline arrive en courant, elle veut prendre place dans le rond et, pour cela, donne un coup de poing pour faire rompre la chaîne. Les deux battues font une grimace, mais, sur un signe de Marie, elles retiennent leurs plaintes.

PAULINE, *d'un air impérieux.*

Eh bien ! qu'est-ce que c'est que cela ? voulez-vous me faire place, pourquoi vous sauvez-vous ? je veux jouer, je veux jouer.

La ronde continue, on chante plus fort.

PAULINE, *frappant du pied.*

Mesdemoiselles, je le dirai à Madame.

LA RONDE.

Va-t'en voir s'ils viennent, Jean, va-t'en voir s'ils viennent.

PAULINE, *redoublant de colère.*

Je le dirai à maman.

LA RONDE.

Même refrain.

PAULINE.

Je vais pleurer ; je vais avoir mes maux de nerfs.

(*Éclats de rire des jeunes filles.*)

PAULINE *trépigne.*

Que j'ai mal! que j'ai mal! ah! la! la! mes crampes d'estomac, maman.

EMMA , *accourant.*

Eh bien! qu'y a-t-il? (*Auxjeunes filles.*) Qu'avez-vous fait à Pauline, mesdemoiselles?

MARIE.

Nous avons rondé, voilà ce que nous avons fait, et, comme elle nous bat et nous contrarie toujours, nous ne voulons plus du tout jouer avec elle, c'est bien décidé, jusqu'à ce qu'elle nous promette de ne plus être si méchante envers nous.

PAULINE.

Ah bien! oui, je vous promets que maman le saura. voilà tout ce que je vous promets. Eh bien! cependant, voyons, laissez-moi jouer avec vous, je ne le dirai pas à maman.

MARIE.

Ah! ça nous serait bien égal, dis-le si tu veux. Non, nous ne voulons plus jouer avec toi à la cachette, parce que tu triches toujours; ni ronder, parce que tu nous bats; ni jouer à la comédie, parce que tu veux toujours être l'impératrice et avoir les plus beaux voiles ; ni à la patte, parce que tu nous arraches nos robes ; nous verrons si cela t'arrange d'être toujours seule et détestée, et tu comprendras par là que toujours on reçoit

Chacun selon ses œuvres.

A quelque chose malheur est bon.

Personnages : {
CLORINDE
AMELIE.
Mlle MARIE.
Mme DE BEAUREGARD
Plusieurs jeunes filles.
}

CLORINDE et AMELIE *seules dans la classe.*

CLORINDE.

Eh bien ! que dis-tu de la nouvelle sous maîtresse dont on nous gratifie aujourd'hui.

AMELIE.

Tiens, que veux-tu que j'en dise ? je ne la connais pas.

CLORINDE.

Ni moi non plus, mais d'avance je ne l'aime point du tout, je la déclare pédante, sotte, ennuyeuse et ignorante.

AMÉLIE.

Comme tu y vas, par exemple, cela me paraît un peu hasardé et bien injuste.

CLORINDE.

Pas autant que tu pourrais le croire;
écoute : d'abord elle est ennuyeuse, c'est
décidé, parce qu'elle remplace mademoiselle Louise, qui me plaisait tant; tu sais
bien pourquoi, elle nous laissait faire tout
ce que nous voulions et ne nous corrigeait
point; il faut dire qu'elle avait ses raisons
pour cela. Elle est pédante, selon moi, notre nouvelle sous-maîtresse, parce que tout
le monde l'a crue un prodige de science,
et c'est une raison de plus pour que je la
juge ignorante. Enfin, ma chère, c'est
une sotte, puisqu'elle ne se doute pas de
tout cela ni de la répulsion que nous
avons pour elle, et qu'elle n'hésite pas à
nous affronter. Est-ce logique, comme
dirait notre professeur?

AMÉLIE.

C'est logique dans un certain sens, mais
en tout ça ce n'est guère charitable.

CLORINDE.

Oh! comme tu fais la bonne aujour-
d'hui! Tiens, il me vient une idée, si
nous l'éprouvions, notre nouveau Cer-
bère? je te parie qu'elle sera tout ce que
je t'ai annoncé sur son compte, et que,
par-dessus le marché, quand elle aura

reconnu son maître, quand je l'aurai mâtée enfin, j'en ferai tout ce que je voudrai. Alors je montrerai sa nullité à Madame et nous nous en débarrasserons.

AMÉLIE.

Allons, soit, je ne refuse jamais une bonne partie de rire, quoique celle-ci ne me semble guère loyale.

CLORINDE.

Bah ! mais ce sera rendre un service, un très-grand service à l'institution, et la fin justifie les moyens. Des pédantes, nous n'en avons pas besoin, il n'y a rien de si agaçant, je les déteste. D'ailleurs, j'en sais autant que celle-ci, j'en suis sûre.... si ce n'est plus même. N'ai-je pas toujours eu les premiers prix ? attends, va, je m'en vais lui donner du fil à retordre, et Madame ne viendra plus nous dire comme ce matin : « Mesdemoiselles, vous allez trouver en Mlle Marie une jeune personne charmante, digne de tout votre intérêt, car, orpheline (le monde est plein de ces orphelines-là) et ne voulant pas rester à la charge de parents âgés et sans fortune, elle se livre à l'étude avec ardeur pour se faire une position honorable, et je m'estime heureuse de vous l'offrir comme surveillante et plus encore comme modèle, etc., etc. »

CLORINDE.

Non. Dans le fait, c'est absurde cette idée de modèle, je n'y avais pas fait attention au premier abord.

AMÉLIE.

Mais, ma chère, je ne vois pas ce qu'il y a de si ridicule, ni ce qui te blesse en cela

CLORINDE.

Comment, le modèle, (*Appuyant sur le mot.*) le modèle ne t'offusque pas? elle a 18 ans et toi 17! ah, tu as besoin d'un modèle! oui, mademoiselle Marie, oui, nous allons nous modeler sur vous.

AMÉLIE.

Dans le fait, c'est absurde cette idée de modèle, je n'y avais pas fait attention au premier abord.

CLORINDE.

Absurde, ma chère, dis donc que c'est du dernier ridicule; modèle en quoi, s'il vous plaît! d'abord, moi, comme science, j'en sais assez, puisque je dois bientôt quitter la pension, du moins je le crois, mon tuteur m'a fait pressentir qu'à la fin de l'année, je ne serais plus élève, je ne sais pas précisément ce que je ferai alors, mais je juge, d'après l'instruction qu'il m'a fait donner que je dois avoir de la fortune et un certain rang dans le monde.

AMÉLIE.

Il est toujours très-singulier que tu ne saches pas au juste ce qu'étaient tes parents, ce qu'ils t'ont laissé.

CLORINDE.

Il paraît que mon père est dans les Indes et qu'il s'y livre à des spéculations, mon tuteur m'a dit n'avoir reçu que trois fois de ses nouvelles. Dans les Indes, tu conçois, ma chère, il m'amasse une fortune colossale ; d'ailleurs, je sens à l'élévation de mes idées que ma naissance n'est point ordinaire et que je suis appelée à jouer un rôle brillant dans le monde. Oui, mais revenons à mon projet d'aplatir notre chère sous-maîtresse.

AMÉLIE.

J'entends du bruit, c'est elle qui vient avec Madame.

Dans le courant de la scène, plusieurs élèves sont entrées successivement et se placent diversement pour les classes.

CLORINDE, *vivement et à voix basse à toutes les élèves.*

Voyons, voulez-vous en être, nous voulons mystifier la sous-maîtresse, ce sera bien amusant; s'il y a du danger, je prends tout sur moi.

TOUTES, *à demi-voix aussi*.

Oui, oui, la bonne idée ! ce sera drôle.

CLORINDE.

Attention donc, mettez-vous bien dans l'esprit de votre rôle, à moi la parole, je vais l'abasourdir de ma science.

Les précédentes,
Mᵐᵉ DE BEAUREGARD, Mˡˡᵉ MARIE.

MADAME DE BEAUREGARD.

Mesdemoiselles, je vous présente mademoiselle Marie que je vous ai annoncée ce matin comme remplaçante de mademoiselle Louise. Je n'ai pas besoin de vous recommander d'avoir pour elle les égards que vous savez trop bien devoir à sa position près de vous, à son savoir, à son mérite. Je lui donne plein pouvoir sur la classe ; dès aujourd'hui, elle peut me représenter en tout, et mes droits seront les siens. (*Elle se retire et les élèves s'inclinent silencieusement, Clorinde, plus profondément que les autres et d'une manière ironique, surtout quand madame de Beauregard a disparu.*)

CLORINDE, *avec ironie*.

Mademoiselle veut-elle nous dire ce

que nous devons faire maintenant, Madame a dû l'en instruire.

J'attendais, Mesdemoi-elles, que vous eussiez la bonté de me mettre au courant de la méthode, au moins, de votre enseignement.

CLORINDE.

Je croyais que Mademoiselle ne devait avoir rien à apprendre ici et devait tout enseigner.

MADEMOISELLE MARIE.

Mais, d'après ce que je crois voir, il serait possible que j'eusse encore beaucoup à apprendre, ou du moins à m'étonner.

AMELIE.

Oh ! de quoi donc, Mademoiselle ?

MADEMOISELLE MARIE.

De ce que des jeunes filles bien élevées ne sachent point comprendre ce que c'est que l'éducation.

CLORINDE.

Ah ! vous devez aussi nous enseigner cela.

MADEMOISELLE MARIE.

Oui , Mademoiselle, et peut-être d'autres choses encore que vous semblez ignorer.

CLORINDE, *avec ironie*.

On nous l'avait bien dit que vous étiez une savante.

MADEMOISELLE MARIE.

On vous a trompée sous ce rapport, Mademoiselle, je ne suis point une savante dans le sens que vous donnez à ce mot. J'ai, sans être un puits de science, l'instruction nécessaire à une femme qui doit enseigner, mais ce que je sais aussi, c'est le respect, les égards que l'on se doit les uns aux autres, et vous verrez, Mesdemoiselles, que je ne manquerai point à ce devoir.

AMÉLIE, *riant*.

Ah ! ah ! du respect à des petites filles.

MADEMOISELLE MARIE.

Mais oui, Mesdemoiselles, vous avez toutes une dignité qui m'impose.

CLORINDE.

Je le crois bien ; d'abord, Mademoiselle est perspicace, elle doit deviner notre rang, notre fortune, puis.... l'instruction qu'à notre âge on doit déjà posséder.

MADEMOISELLE MARIE, *l'interrompant*.

Vous êtes dans l'erreur, ces avantages.

s'ils existent en vous, ne sauraient vous imprimer cette dignité dont je veux parler, mais le titre de chrétienne, d'abord, puis celui de jeune fille sage et pure qui n'a que des pensées de bienveillance et de douceur. Dieu veuille qu'un nouveau droit à mon respect ne vous arrive bientôt, celui du malheur.

CLORINDE , *avec aigreur.*

Merci du souhait, Mademoiselle, mais, pour le moment, je ne crois pas avoir à le craindre. Nous commençons ordinairement par l'histoire, l'histoire sainte ou l'histoire profane.

AMELIE , *avec une feinte naïveté.*

Qu'est-ce que c'est que ça, l'histoire profane ?

MADEMOISELLE MARIE.

Je m'étonne que vous ne le sachiez pas, c'est le récit des événements passés dans tous les temps, chez tous les peuples du monde, tandis que l'histoire sainte ou sacrée est celle du peuple de Dieu, et dans cette dernière, il y a de bien beaux traits, de bien beaux exemples de douceur et de bonté ; pourriez-vous m'en citer quelques-uns, Mesdemoiselles.

AMELIE.

Oh ! oui, n'y a-t-il pas Clotilde, princesse chrétienne, qui convertit son mari,
Clovis.

MADEMOISELLE MARIE, *la regardant
attentivement.*

Pauvre jeune fille, la méchanceté ne va
pas à votre figure, ce rôle n'est point fait
pour vous, vous vouliez me tendre un
piége, je répondrai cependant pour ces
enfants qui nous écoutent : Clotilde,
malgré son titre de princesse chrétienne,
fait partie de l'histoire profane de France
et non point de l'histoire sainte, puisque
celle-ci, je vous l'ai dit tout à l'heure, ap-
partient aux Israélites jusqu'à l'ère chrétienne, et depuis à l'Eglise, à ses institu-
tions, ses luttes, son extension, etc., etc.

CLORINDE.

Oh ! je vois que Mademoiselle ne peut
être prise *sans vert*, elle sait tout, je suis
sûre qu'elle doit aussi parfaitement dire
les vers ; si elle le veut bien, je la prierai
de me donner quelques conseils sur une
petite fable que je vais lui réciter.

MADEMOISELLE MARIE.

Volontiers ; je vous écoute, Mademoiselle.

CLORINDE.

Le geai paré des plumes du paon.

n paon mua't, un geai prit son plumage,
   . Puis apres se l'accommoda.
Puis parmi d autres paons tout fier se panada,
   Croyant être un beau personnage.
Quelqu'un le reconnut . il se vit bafoué,
   Berné, sifflé, moqué, joué,
Et par messieurs les paons plumé d'étrange sorte,
Même vers ses pareils s'etant réfugié,
   Il lut par eux mis à la porte.
Il est assez de geais à deux pieds comme lui
Qui se parent souvent des dépouilles d'autrui,
   Et que l'on nomme plagiaires.
Je m'en tais et ne veux leur causer nul ennui,
   Ce ne sont pas la mes affaires

Parlant. Moi, je trouve une idée très-
morale à cette fable, cela peut s'appli-
quer à toutes sortes de plagiats, plagiat
de succès, plagiat de position,... de ver-
tus....

MADEMOISELLE MARIE, *l'interrompant.*

C'en est trop, Mademoiselle, votre
allusion devient si transparente que je ne
puis feindre plus longtemps de ne point
l'avoir comprise. Vous m'en voulez, pourquoi? je l'ignore ! vous avez voulu vous
jouer de moi, qui venais, hélas! pour vous
adoucir un coup fatal! oui. Mademoiselle,

j'ai une terrible nouvelle à vous annoncer, et je voulais, en me plaçant ici, vous y préparer dans une douce intimité.... mais vous brusquez le dénouement.

CLORINDE, *un peu troublée.*

Je ne vous comprends pas, Mademoiselle, vous parlez par énigme Que pouvons-nous avoir de commun l'une l'autre? que pouvez-vous sur ma destinée ?

MADEMOISELLE MARIE, *lui prenant les mains.*

Ma chère demoiselle, voici l'heure de faire appel a votre courage, l'heure peut-être de faire usage de vos talents, qui sont sûrement, je le désire de toute mon âme, plus élevés que les miens. Votre tuteur, que je connais, m'a chargée, ne l'osant lui-même, de vous apprendre la mort de votre père.

CLORINDE, *avec douleur.*

O mon Dieu !

MADEMOISELLE MARIE.

Ce n'est pas tout, ma pauvre enfant ! il est mort dans un naufrage, et la fortune qu'il vous rapportait est engloutie avec lui, vous êtes donc sans ressources; je me suis consultée avec votre tuteur et je lui ai promis de vous préparer à votre changement de position, puis de vous céder, si Mme de Beauregard y consent, l'emploi que j'allais occuper chez elle, je venais à vous, heureuse de ce léger sacrifice, j'espérais trouver une amie, je suis orpheline aussi, c'était un lien; moi, je puis attendre une autre place.

CLORINDE, *avec explosion de douleur.*

Oh! Mademoiselle, je ne mérite pas votre commisération, vous ne savez pas à quel point je suis coupable envers vous, je vous ai décriée sans vous connaître, j'ai ridiculisé le noble état que vous exercez et que je serai trop heureuse de pouvoir embrasser; je mérite, moi, les affronts que je vous avais préparés. — Non, je ne puis accepter ce généreux dévouement; pour moi, qui vous persécutais, je n'en suis pas digne, et, en vous refusant toutefois, c'est à genoux que je dois vous demander pardon. (*Elle veut s'y jeter.*)

MADEMOISELLE MARIE.

C'est dans mes bras, ma chère amie, car vous avez maintenant la consécration du malheur et du repentir. — Cette dignité dont je vous parlais tout à l'heure, vous l'avez. — Votre cœur n'était point perverti, il n'était qu'égaré par l'orgueil et la prospérité. (*S'adressant à toutes les jeunes filles*.) Remerciez Dieu, mes amies et tombons à genoux nous-mêmes, l'un de nous est éprouvée à temps , ne l'humilions pas et souvenons - nous toujour que Dieu fit du repentir la vertu de mortels.

Tant va la cruche à l'eau qu'à la fin elle se casse.

—

Personnages :
- Mme DERMONT.
- MATHILDE, sa fille.
- ALIX,
- CLOTILDE, } amies de Mathilde.
- LOLOTTE, servante de Mme Dermont.

Mme Dermont travaille; Lolotte arrange l'appartement.

MATHILDE *arrive, d'un air dolent.*

Que j'ai mal à la tête, maman, si tu savais!

MADAME DERMONT.

Tu n'aurais pas dû déjeuner, ma fille.... mais ce n'est rien, va au jardin prendre l'air et puis tu te prépareras à aller en classe.

MATHILDE.

Oh! maman, quand j'ai mal comme ça et que je vais en classe, je ne sais si c'est d'étudier ou d'écrire, mais mon mal augmente... aye... aye..., maintenant j'ai la colique, oh! que je souffre! (*Elle s'assied en se tenant le ventre.*)

MADAME DERMONT.

C'est singulier que tu aies si mal, ta figure est aussi fraîche que d'habitude.

LOLOTTE.

Oh! Madame, peut-on dire ! elle est pâle comme une morte, pauv'chatte! il faut la coucher c't enfant, on voit bien qu'elle a mal comme tout.

Mathilde tombe d'un air accablé sur une chaise, elle ferme les yeux, crispe les mains comme pour commencer une attaque de nerfs.

LOLOTTE.

Tenez, voilà comme ça se passe; (*Elle dégrafe l'enfant.*) parlez-moi de classe à une enfant qui va tomber en faiblesse.

MADAME DERMONT.

Vous pensez bien, Lolotte, que je ne l'y aurais pas envoyée en classe, mais je n'ai pas de suite pris son malaise au sérieux, parce qu'il ne faut pas habituer les enfants a se dorloter. (*On s'empresse autour de la petite fille, on la dégrafe, on l'étend dans un fauteuil, elle se plaint ; des ah ! des oh ! entrecoupés.*)

MADAME DERMONT.

Voyons, ma bonne chérie, ce ne sera rien, calme-toi, du repos, pas de classe, la diète, et dès ce soir il n'y paraîtra plus.... Tu vas rester tranquille, là dans ton fauteuil ; j'ai plusieurs choses à faire, si tu as besoin de moi, Lolotte viendra me chercher. (*Elle sort.*)

MATHILDE *suit sa mère des yeux tout en continuant de se plaindre ; à peine la porte est-elle refermée :*

Lolotte, j'ai bien mal, mais la diète toute la journée, c'est trop, je suis bien sûre que cela n'est pas nécessaire ; mais maman a tant de crainte sur ma santé qu'elle ne voudra pas que l'on me donne à manger. C'est tout au plus si elle me permettra un bouillon, il n'y a rien qui me dégoûte autant. Aussi, ma bonne Lolotte, j'espère bien que tu vas me garder quelque chose, tu sais bien quoi, comme l'autre fois déjà.

LOLOTTE.

Oui, Mademoiselle, à condition que vous ne me donnerez plus de soufflets. et puis, après cela, si Madame l'apprend, me voilà hors d'ici. (*A part.*) Au fait, d'une manière ou d'une autre.

MATHILDE.

Mais comment veux-tu que maman le sache, ce n'est pas moi qui irai le dire, n'est-ce pas? ce ne sera pas toi non plus; eh bien! veux-tu que ce soit le chat?

LOLOTTE.

Allons, Mademoiselle, je vois que vous revenez à la vie; Dieu merci, votre langue recommence à tourner, c'est bon signe; allons, allons, je m'en vais faire mon dîner, tout le monde n'est pas malade comme vous.

MATHILDE.

Ne m'oublie pas, au moins. (*Seule.*) Ouf! enfin je l'ai gagné, je ne suis pas allée en classe, c'est tout ce que je voulais; Madame m'a mise au pain sec hier, j'ai voulu lui faire peur en ne revenant pas le lendemain, et voilà tout, et puis, je ne sais pas ma leçon.... et puis, la classe m'ennuie. (*Elle chante.*) Ça lui apprendra à me mettre au pain sec. Ça n'empêche pas que j'ai joliment manqué de rire au nez de maman, quand elle s'est empressée de me mettre dans un fauteuil et de m'entourer la tête d'un bandeau, du bandeau que j'ai encore, du reste. (*Elle se regarde dans une glace.*) Oh! que j'ai donc l'air drôle, ça me donne envie de jouer aux yeux bandés, cependant maman avait l'air inquiet. (*Avec un peu d'attendrissement.*) Pauvre mère! oh bien! après cela, je ne suis pas malade, qu'est-ce que ça fait de l'avoir un peu inquiétée. (*Elle bâille.*) Oh! mais ce n'est pas déjà si amusant d'être malade; heureusement qu'hier, pensant que je le serais, j'ai caché un livre dans un coin, les *Mille et une Nuits*, que maman m'a défendu de lire. (*Elle va le prendre.*) Oh! quel ennui, c'est bien ma grammaire, dans ma précipitation je me suis trompée. (*Elle lit.*) La grammaire est l'art de parler et d'écrire correctement en français. Oui, oui, on le sait bien, il ne manquerait plus que cela, me mettre à apprendre ma grammaire. (*Regardant nonchalamment vers la fenêtre.*) Oh! qu'il fait beau! mon Dieu! quel dommage que je sois malade, il ferait bien bon courir au jardin, si seulement au lieu d'avoir le mal de tête, et surtout la colique, je m'étais coupé le doigt.... c'est bon, une autre fois.... (*La porte s'ouvre, deux jeunes filles se précipitent dans la chambre avec leurs cabas de classe.*)

MATHILDE, ALIX, CLOTILDE

ALIX.

Ma chère, nous venons t'annoncer une bonne nouvelle : imagine-toi que Monseigneur est venu visiter la classe, et il a prié Madame de nous donner congé. Madame, tu penses bien, n'a pas pu lui refuser, et, bien mieux, elle nous conduit au bois pour le reste de la journée.

CLOTILDE, *l'interrompant, et vivement.*

Et Madame, qui pense à tout, nous a dit de passer chez toi en nous en allant, pour que tu te prépares, nous partons à midi juste.... Eh bien ! tu n'as pas l'air plus content que cela, nous avons toutes sauté jusqu'au plafond, nous autres.

MATHILDE.

Je crois bien, vous ; moi, je suis malade. (*Frappant du pied.*) Oh ! que c'est ennuyeux d'être malade.

ALIX, *avec malice.*

Voyons, tu ne l'es peut-être que comme l'autre jour, tu sais, quand, au moment de réciter tes vers, tu as été prise d'un mal subit. Mon Dieu ! que tu nous as donc fait rire! mais c'est que tu sais si bien imiter la malade, nous qui savions ce qu'il en était, nous avons manqué d'y être prises.

CLOTILDE.

Ce n'est pas déjà si bien, au moins, ce que tu fais là, tous ces mensonges, ma chère, finiront par être découverts, et alors....

MATHILDE.

De quoi te mêles-tu donc, toi? Si j'aime à faire la malade, tu tiens à faire la maîtresse d'école, car, à la moindre occasion, tu vous prends des airs supérieurs.

CLOTILDE.

Avoue que mon rôle est un peu plus honorable que le tien.

ALIX.

Allons, disputez-vous maintenant; occupons-nous plutôt de notre partie du bois; d'abord, moi, il faut que je m'en aille vite; j'ai quantité de choses à faire; je dois dîner, c'est l'essentiel, et puis, il faut que je m'habille, que je prépare ma trouble à papillons, une boîte pour des insectes, ma corde.... Mais voyons, au fait, es-tu malade, oui ou non? parle

franchement, tu sais bien que, sans oser
faire des tours comme toi, l'envie ne
m'en manque pas quelquefois; es-tu malade?

MATHILDE.

Mais.... oui, je le suis, pourquoi ne
veux-tu pas que je le sois.

ALIX.

Mais, mon Dieu, je le veux bien, si
cela te fait plaisir; seulement il me sem-
blait que justement cela ne devait pas
te faire plaisir aujourd'hui, et alors nous
aurions tâché de trouver un moyen pour
te guérir.

MATHILDE.

Allons, eh bien! je te dirai que je n'ai
mal nulle part, ou du moins que cela s'est
passé.

ALIX, *avec une bonhomie feinte.*

Oui, oui, cela s'est passé.

CLOTILDE.

Ce qui m'étonne, c'est que tu aies pu,
et surtout que tu aies osé faire croire à
ta maman que tu souffrais véritable-
ment.

MATHILDE.

Mon Dieu! Maman sait combien je

suis délicate, car, je t'assure, ma chère, que je suis extrêmement délicate; la moindre chose me donne des maux de nerfs.

CLOTILDE.

Comment cela te prend-il, tes maux de nerfs?

MATHILDE.

Eh bien! n'est-ce pas, quand je veux quelque chose et qu'on me le refuse, cela m'agite extrêmement, je pleure, je tape du pied....

ALIX.

Et quelquefois de la main sur la joue de ta bonne.

CLOTILDE, *avec un étonnement comique.*

Ah! cela s'appelle des maux de nerfs.

MATHILDE.

Tu as beau avoir l'air de te moquer, va, le médecin a bien dit à maman que c'en était, et même il a bien dit aussi que j'ai quelquefois des spasmes, quand je m'ennuie, cela me donne des envies de bâiller, eh bien! ce sont des spasmes; il a bien recommandé, le médecin, qu'on ne me fasse pas trop travailler. Sans papa, va, je n'irais pas si souvent en classe, maman n'aime pas beaucoup que j'y aille ; aussi, je suis bien sûre que ce matin elle a été bien aise de pouvoir m'en dispenser, car je lui ai dit que Madame donne trop de devoirs.

CLOTILDE.

Tu trouves ? Eh bien ! moi qui en ai plus que toi, puisque je suis d'une division au-dessus de la tienne, j'ai encore le temps de m'amuser et même de travailler à de petits ouvrages qui me plaisent tant.

ALIX.

Oh ! pour cela, oui, moi aussi, je viens à bout de faire mes devoirs ; par exemple, quant à ce qui est de travailler encore par-dessus le marché, merci ! mais je puis dire, sans me vanter, que j'aime assez qu'ils soient faits et bien faits, cela me fait plaisir de voir Madame contente de moi.

MATHILDE.

Mais il n'y a pas moyen de la rendre contente, elle est si sévère ! je l'ai déjà bien dit à maman ; même, je vous dirai quelque chose, mais vous ne le direz pas.

ENSEMBLE *et avec curiosité.*

A qui veux-tu que nous le disions ?

MATHILDE.

Eh bien! ma chère, je crois que maman me retirera de la classe.

CLOTILDE.

Oh! pourquoi? Madame qui a toujours été si bonne pour toi, qui t'a montré tant d'affection, malgré ton peu de soin de la satisfaire.

MATHILDE.

Tu appelles cela de l'affection, quand on vous met au pain sec?

CLOTILDE.

Mais oui, c'est de l'affection; et, comme Madame nous le disait hier à l'instruction religieuse, de l'affection bien entendue, car, si elle laissait croître nos défauts, notre paresse surtout, plus tard, il ne nous serait plus possible de nous en corriger; et quelles femmes ferions-nous! la paresse est la mère de tous les vices, et....

MATHILDE.

Allons, voilà ma prêcheuse, pour achever ce que je vous disais, maman, je crois, me retirera, parce qu'hier elle a été fort mécontente de me voir revenir avec des taches d'encre à ma robe.

ALIX, *riant*.

Mais il me semble que, dans ce cas-là, c'est toi qu'il faut punir, attendu que c'est toi qui as fait les taches, et que Madame, qui a tant d'élèves à surveiller, ne peut cependant pas deviner que tu vas jeter ta plume sur ta robe. Ah bien! ce n'est pas ainsi que maman agit quand pareil accident m'est arrivé, ce qui se fait encore assez souvent ainsi que des accrocs, maman me gronde, m'engage à être moins étourdie, et quelquefois même, quand il y a par trop de ma faute, elle me punit; et toi, Clotilde?

CLOTILDE.

Moi, je vous dirai qu'il ne m'arrive pas souvent de tacher mes robes ou mes livres, je ne sais pas comment cela se fait.

ALIX.

Oh bien! tiens, cela se comprend, en classe tu ne bouges pas plus qu'un morceau de bois.

CLOTILDE.

Écoute donc, on va en classe pour s'instruire et l'on ne s'instruit qu'en écoutant, et pour écouter, il faut se dispenser de tous les mouvements que l'on se permet en récréation.

ALIX.

Que nous sommes donc bavardes, et le temps qui passe. Voyons, à quoi nous décidons-nous, viens-tu ou ne viens-tu pas ?

MATHILDE.

Tu penses bien que je ne demande pas mieux que d'aller avec vous; mais, comment faire? Maman croit que je vais mourir.

CLOTILDE.

Dieu te punit un peu de tous tes mensonges; ma chère amie, vois-tu, je t'engage bien sérieusement à ne plus recommencer, je t'assure que c'est bien mal, tu ne t'en doutes peut-être pas.

MATHILDE.

Laisse-moi donc tranquille avec ta morale.... Que c'est impatientant, si je trouvais seulement un moyen. (*Elle cherche.*) Ah bien! que suis donc sotte, je n'aurai plus la colique, j'aurai simplement mal à la tête et il me faudra prendre l'air.... voilà.

MADAME DERMONT, *apparaissant tout à coup, d'un air sérieux et peiné.*

Bien, mon enfant, j'ai tout entendu, je ne croyais pas être punie à ce point de ma trop grande tendresse pour vous; voila une leçon que je n'oublierai pas. Dieu fasse qu'il ne soit pas trop tard pour en profiter et qu'à l'avenir je n'aie plus pour vous cette faiblesse maternelle qui m'a fait ajouter foi à vos plaintes contre votre maîtresse ; ingrate envers elle, vous l'êtes devenue facilement envers moi. (*A Alix et à Clotilde.*) Mes enfants, remerciez Madame d'avoir bien voulu penser à ma fille, dites-lui qu'elle ne peut être de votre partie de plaisir, vous concevez facilement que ce sera pour elle une punition bien méritée. Mes enfants, que ceci vous soit aussi une leçon, voyez ma douleur, et prenez bien garde d'en causer jamais une semblable à votre mère.

*M*ᵐᵉ *Dermont reste accablée et pleure sur une chaise, Mathilde s'est retirée pleine de honte dans un coin. Alix et Clotilde s'en vont tête baissée. Alix murmure d'un air mutin et contrit tout à la fois :*

Tant va la cruche à l'eau, qu'à la fin elle se casse.

A chacun selon ses œuvres.

—

Personnages :
- CECILE
- MARTHE.
- MARIE.
- MARGUERITE.

CECILE.

Mon Dieu ! que vous me faites rire, quand je vous vois entourées de livres de toutes sortes, et vous mettant sérieusement à les étudier.

MARTHE.

Sans doute, tu aurais raison, si l'on n'avait d'autre but que de boire, manger, rire et s'amuser ; mais Dieu ne nous a-t-il fait bras et jambes, cœur et intelligence pour ne les employer qu'à cet usage, ce serait ressembler aux animaux.

CÉCILE.

Quels grands mots ! je ne te comprends pas. Ma petite camarade de la rue me parle de poupées, de volants, de tartes et de petits goûters, va, je comprends bien cela et je n'ai pas besoin de tes vieux bouquins pour me l'enseigner.

MARTHE.

Moi aussi, je connais le plaisir d'une course, d'un goûter, mais je sais qu'il est d'autres plaisirs convenables à notre âge ; par exemple, n'as-tu jamais lu de ces jolis petits contes où l'on voit tant de palais, tant de diamants, puis de belles fées qui viennent protéger les enfants sages ?

CÉCILE.

Oh ! mais si, j'ai bien lu tout cela, et même je te dirai que cela m'amusait assez.

MARTHE.

Eh bien ! ma chère Cécile, si tu lisais les histoires que nous lisons, tu verrais de bien plus belles choses et des choses vraies, encore ; au moins on ne perd pas son temps comme en lisant des contes de fées.

CÉCILE.

Mais, puisqu'on fait des contes pour les enfants, pourquoi n'en lirions-nous pas toujours ?

MARTHE.

Parce qu'ils ne sont faits que pour les

enfants du tout premier âge, ou, disons-
le, pour les enfants ignorants, qui ne
peuvent comprendre d'autres lectures.

CÉCILE.

Enfin, de quoi parlent-ils donc ces livres que tu vantes tant?

MARTHE.

D'abord, nous avons l'histoire sainte,
qui nous apprend tous les premiers temps
du monde, et comme Dieu aimait les
hommes, et comme cependant les hommes désobéirent à Dieu, malgré toutes les
merveilles qu'il faisait pour eux.

MARIE.

Oh! les méchants! mais si je voyais
Dieu, s'il faisait des merveilles pour moi,
bien certainement que je ne lui désobéi-
rais jamais.

MARGUERITE.

Tu ne désobéis jamais à ta maman!

MARIE.

Oh! je t'assure que.... c'est-à-dire....
pas souvent, allons, oui.... quelquefois.

MARGUERITE.

Et cependant, tu la vois, tu l'entends,
tu es sûre de son affection, des merveilles
d'amour qu'elle fait pour toi, ne fût-ce
que de te pardonner, de redoubler de

tendresse quand tu lui fais de la peine.
Eh bien! Dieu fait pour nous comme une
bonne mère, qui est son image sur la
terre.

CÉCILE.

Et l'histoire sainte nous apprend tout
cela? et cet autre livre si gros, si épais,
qu'il me fait peur?

MARGUERITE.

Oh! celui-ci, c'est l'histoire de France.

MARIE.

Oh! comme ça doit être ennuyeux!

MARTHE.

D'abord, je dois le dire, ça n'est pas
amusant, mais petit à petit, on prend intérêt à tous ces événements, et quoiqu'il
s'y trouve parfois des hommes bien méchants, on voit si souvent aussi que Dieu,
après leur avoir longtemps pardonné, les
punit de leurs crimes, que cela redouble
la confiance qu'on a en lui, et l'on se sent
encore plus disposé à bien faire.

MARIE, *feuilletant un livre.*

Oh! les belles images que j'aperçois!
ce sont des fleurs; est-ce que tu en apprends aussi l'histoire?

MARTHE.

Tout justement; c'est la botanique

ou l'histoire des fleurs. Ah! si vous saviez quelles jolies choses ! Comme le bon Dieu a tout arrangé pour notre plaisir d'abord, ensuite pour l'utilité. Car toutes ces fleurs deviennent des fruits que nous mangeons pour la plupart, et que tu aimes bien, n'est-ce pas Cécile?

CÉCILE.

C'est vrai, j'aime bien les fleurs aussi qui sont mes bonnes amies, et j'avoue que, si je me décide à lire, ce sera ce livre que je prendrai le premier.

MARGUERITE.

Mais, ma bonne amie, ce n'est pas par celui-là que l'on commence ordinairement, notre maîtresse ne nous le donne que comme récompense de nos autres études.

Il faut auparavant savoir la grammaire, l'orthographe, toutes les histoires, la géographie, des vers, etc.

MARIE.

Tu avoueras cependant que tout cela n'est pas fort nécessaire et qu'on pourrait bien laisser cette étude aux lycéens. J'ai entendu dire qu'il est ridicule qu'une jeune fille soit trop savante.

MARGUERITE.

Il paraît que tu crains fort ce ridicule-là.

CÉCILE.

Et même, un monsieur que nous connaissons, disait l'autre jour qu'il voulait que sa fille ne sût que raccommoder son linge.

MARTHE.

J'ajouterai aussi que Molière, un de nos poëtes, a dit qu'une femme en sait assez quand elle peut distinguer un habit.... d'un autre vêtement.

CÉCILE.

Eh bien ! vois-tu?

MARGUERITE.

Oui, je vois qu'il se moque des paresseuses, car il sait fort bien qu'une jeune fille peut facilement réunir une saine instruction à des qualités d'ordre et de travail, c'est ainsi du moins que nos bonnes mères le comprennent.

MARTHE.

Mais, des vers à réciter, ce me semble si difficile.

CÉCILE.

Et même, je trouve que cela n'est ni beau, ni amusant. J'ai entendu dernièrement une jeune fille qui croyait se faire admirer en récitant, et elle faisait rire tout le monde, elle traînait sa voix ; (*Traînant aussi.*) elle chantait, ou bien elle parlait tout bas (*Imitant tout ce qu'elle dit*), ou bien elle allait trop vite, mâchait ses mots, ou bien enfin elle ne savait plus du tout, et je me suis dit que tout ce qu'on disait là était ridicule et ne servait à rien. D'abord, je n'y comprenais rien, moi.

MARGUERITE.

Je vais te dire à quoi cela sert. Notre maîtresse nous l'a dit, parce qu'elle veut que nous sachions l'utilité de nos études. Premièrement, notre mémoire s'exerce, chose essentielle ; puis, en étudiant les vers de nos bons poëtes, non-seulement nous retenons de nobles idées, mais encore les meilleures expressions de notre langue, qui, plus facilement alors, deviennent nos expressions ; puis, enfin, nous apprenons à connaître les auteurs choisis, qui, n'écrivant que de bonnes choses, nous préparent à devenir bonnes aussi. Comprends-tu cela ?

CÉCILE.

Mais, cependant, tout le monde dit que

je ne suis pas méchante, et je sens bien que je suis une ignorante.

MARTHE

Tu n'es pas méchante, parce que tu es encore trop petite, mais, en grandissant, tu deviendrais mauvaise si tu n'apprenais rien, parce qu'un être ignorant est rarement éclairé sur ses devoirs, et que l'oisiveté du corps ou de l'esprit mène toujours au mal.

CECILE.

Je comprends bien un peu tout ce que tu me dis, mais, vois-tu, ce qui m'empêche d'aller en classe, c'est qu'on y reste trop longtemps, et puis on ne peut pas arriver aussi tard qu'on le désire, ni manquer quand on le veut.

MARGUERITE.

Je suis bien sûre que si tu avais déjà commencé tes études, tu y aurais pris goût; quant à venir à l'heure fixe, Madame nous dit que cet ordre est très-nécessaire, d'abord pour nous accoutumer à l'exactitude, ensuite pour que nous ne perdions aucun cours, parce qu'il y aurait dans notre instruction une lacune qui ne pourrait plus guère se réparer. Manquer aussi pour un oui, pour un non, nous ferait également un grand tort, en oubliant ce que nous avons appris, et en nous faisant perdre ce que nous aurions pu apprendre.

CÉCILE.

Allons, je suis un peu décidée, mais c'est que.... je crains les pénitences.

MARGUERITE.

Madame nous récompense plus qu'elle ne nous punit, va, car elle nous embrasse souvent quand nous sommes bien sages, et, à la distribution, nous recevons des prix, et nos bonnes mères pleurent de joie en voyant nos progrès; et, chaque année, nous aimons mieux nos parents et nos maîtresses, parce que nous devons à leur amour, à leurs soins, instruction, morale et bonheur. De sorte que l'on peut dire d'elles et de nous :

A chacun selon ses œuvres.

Aide-toi, le ciel t'aidera.

—

Personnages : { PAULINE.
                  VICTORINE.

PAULINE.

Qu'as-tu donc Victorine? tu pleures et
parais bien désespérée.

VICTORINE.

Ah! ma chère amie, va, je suis bien
désolée et il y a de quoi; quand je pense
au chagrin que ma bonne mère aura, et
par ma faute encore !

PAULINE.

Mon Dieu! tu m'effrayes, qu'est-il donc
arrivé?

VICTORINE.

Quand je dis par ma faute, c'est-à-dire
celle de Madame, qui nous a donné une
composition si difficile, si difficile, que
je ne peux pas la faire, et c'est ce qui me
tourmente.

PAULINE.

Tu as sans doute déjà essayé?

VICTORINE.

Eh! mon Dieu! non, je sais bien que je ne peux pas, moi, je n'en ai pas l'habitude.

PAULINE.

Si tu n'as pas essayé, comment peux-tu savoir si réellement elle est difficile? Il me semble qu'avec de la bonne volonté, on peut réussir.

VICTORINE.

Oh! tu crois, toi, parce que tu réussis à tout; tu as plus de facilité que moi, et puis tu es plus âgée aussi.

PAULINE.

D'un an, c'est beaucoup, mais si je réussis comme tu le dis, ce n'est pas sans travail, va, ma bonne amie.

VICTORINE.

Je ne demande pas mieux que de travailler, mais quand je pense au sujet de cette composition, je ne pourrai jamais assez bien dire, et je pleure.

PAULINE.

Il est sûr que cela doit bien t'avancer de pleurer; d'abord, tu te ronges les yeux, ce qui n'embellit pas. Ensuite, a force de te dire que cela est difficile, tu te le persuades, ce qui t'avance encore moins;

enfin, la préoccupation que cela te donne obscurcit ton entendement et tu n'es plus dans le cas de rien faire.

VICTORINE, *étonnée et essuyant ses yeux.*

Oh! c'est bien vrai; tiens, à mesure que tu les racontes, je sens que c'est ainsi que ça se passe en moi... Mais enfin, comment fais-tu? indique-moi l'espèce de magie que tu emploies.

PAULINE.

Je le veux bien. Pour de la magie, il n'y en a pas; mais auparavant, écoute une petite fable :

Le Phaéton d'une voiture à foin
Vit son char embourbé. Le pauvre homme était loin
De tout humain secours : c'était à la campagne,
Près d'un certain canton de la Basse-Bretagne
    Appelé Quimper-Corentin.
    On sait assez que le destin
Adresse là les gens quand il veut qu'on enrage.
    Dieu nous préserve du voyage!
Pour venir au charretier embourbé dans ces lieux,
Le voilà qui déteste et jure de son mieux,
    Pestant en sa fureur extrême,
Tantôt contre les trous, puis contre les chevaux,
    Contre son char, contre lui même.
Il invoque, à la fin, le dieu dont les travaux
    Sont si célèbres dans le monde.
Hercule, lui dit-il, aide-moi; si ton dos
    A porté la machine ronde,
    Ton bras peut me tirer d'ici.

4

Sa prière étant faite, il entend dans la nue
  Une voix qui lui parle ainsi :
  Hercule veut qu'on se remue,
Puis il aide les gens. — Regarde d'où provient
  L'achoppement qui te retient;
  Ote d'autour de chaque roue
Ce malheureux mortier, cette maudite boue,
  Qui jusqu'à l essieu les enduit.
Prends ton pic et me romps ce caillou qui te nuit,
Comble-moi cette ornière. As-tu fait ? — oui, dit
                                    [l homme
Or, bien, je vais t'aider, dit la voix, prends ton
                                    [fouet
Je l'ai pris... Qu'est ceci ? mon char marche à
                                    [souhait !
Hercule en soit loué ! lors la voix · tu vois comme
Tes chevaux aisément se sont tirés de là.

Parlant.

Comprends-tu ? Eh bien ! voyons, prends ton cahier, ta plume et assieds-toi.

Pour la composition, il s'agit donc de dire à ta bonne mère tout ce que tu éprouves pour elle.

Eh bien ! repasse dans ton souvenir, d'abord toute ta première enfance. Vois tes parents guidant tes premiers pas, souriant à tes premiers mots. te couvrant de caresses et te comblant de soins. Vois ta mère pleurer de tes souffrances et les soulager par mille tendres inventions, partager tes jeux d'enfant, te parer avec amour, et, plus tard, pour corriger tes petits défauts, n'employer qu'une sévérité mêlée de tendresse. Maintenant, elle s'apprête à jouir de tes succès, digne récompense de ses peines.

Ton cœur s'attendrit, n'est-ce pas? Tes yeux se remplissent de larmes, tu es pénétrée d'amour et de reconnaissance. Laisse courir ta plume sur ton papier. Tu y es?

VICTORINE.

Oui.

PAULINE, *pendant que Victorine écrit.*

Le cœur t'inspire. (*Après que Victorine a fini.*) Tu as déjà fini, n'est-ce pas? Lis-la moi. (*Victorine lit tout haut sa composition, si l'élève est assez avancée, elle l'a fait elle-même, mais d'avance, bien entendu.*) Elle est très-bien, viens, mon amie, que je t'embrasse! Tu le vois :

Aide-toi, le ciel t'aidera.

Rien ne sert de courir, il faut partir à point.

—

Personnages : { MARIA.
GABRIELLE.

MARIA, *à Gabrielle qui entre.*

Bonjour Gabrielle, tu me vois bien occupée, n'est-ce pas? tu ne sais donc pas que c'est aujourd'hui la fête de ma bonne mère et je me réjouis beaucoup de lui offrir un petit présent, quelque chose enfin que j'aie fait moi-même.

GABRIELLE.

Je le sais; ne lui fais-tu pas une bourse en filet ?

MARIA.

Ah ! bien oui ! il y a longtemps que j'y ai renoncé, ce n'était pas assez joli.—J'avais même commencé un buvard magnifique, au petit point de tapisserie, ma chère ; mais j'ai changé d'idée et je veux

la surprendre autrement, et tu le vois, je
lui fais une corbeille de fleurs.

GABRIELLE.

Mais tu en as déjà sans doute beaucoup
pour faire une corbeille; puisque c'est ce
soir que tu dois la présenter, tu n'as que
le temps juste pour t'arranger.

MARIA.

C'est précisément pourquoi je me dépêche, car je fais seulement la troisième
fleur. Mais, c'est sitôt fait les fleurs en
papier; et puis, une bonne idée, tu vas
m'aider, toi, et nous aurons encore bientôt fini.

GABRIELLE.

Je veux bien t'aider; mais, ma chère
Maria, avec toute la vitessepossible, nous
n'y parviendrons jamais.

MARIA.

Si, va, nous allons tant nous dépêcher,
nous ne dirons plus un mot, nous ne per-
drons plus une minute.

GABRIELLE.

Et si, par hasard, ta maman, qui ignore
notre travail, a besoin de toi et t'appelle,
que feras-tu, alors?

MARIA.

Je lui donnerai de si belles et si bonnes raisons, qu'elle me laissera aller.

GABRIELLE.

Et, si elle te prend à l'improviste?

MARIA.

Je vais nous enfermer, donc, et, si elle vient heurter, je ne répondrai pas; elle croira que je suis ailleurs, ou bien.... enfin, je prendrai un prétexte et je la quitterai.

GABRIELLE.

Mais, tout cela te prendra du temps, et la pauvre corbeille n'avancera pas. Vois-tu, c'est inutile; il ne faut pas t'abuser; il est trois heures, et c'est à quatre, je crois, que la cérémonie se fait; car, je viens pour cela, ta bonne mère m'y a invitée et j'apporte mon petit présent.

MARIA.

Une bourse! Oh, que tu es heureuse d'avoir achevé, car, je crois que tu as raison, ma corbeille ne sera pas finie. — C'est dommage, pourtant, elle aurait été si belle; et maman qui en désire une! mon Dieu, que je suis contrariée, mais, que faire donc?

GABRIELLE.

Eh bien! si une de tes manchettes était achevée, ou du moins bien avancée, tu pourrais peut-être la finir et la présenter.

MARIA.

Ah! mais, je ne sais plus où elles sont, et puis, et puis.... il serait encore trop tard... et puis, elles ne seraient même pas propres.

GABRIELLE.

Eh bien! ton buvard? tu y as peut-être assez travaillé, pour que cela ait une forme quelconque? Un côté en est peut-être fait?

MARIA.

Oh! non, la fleur du milieu en est à peine ébauchée; et puis, j'ai un peu commencé de l'encadrement, et puis j'ai encore un peu essayé du fond

GABRIELLE.

Eh bien! tu vois, tout est commencé et rien n'est achevé.

MARIA.

C'est que je voulais voir tout de suite l'effet que chaque chose produirait.

GABRIELLE.

Oh! ma pauvre Maria, il sera bien dif-

ficile de te tirer de là. — Tu me fais de
la peine. Écoute, et surtout ne me refuse
pas, tu me désobligerais beaucoup. —
Prends ma bourse, ta maman ne sait pas
que je lui prépare ce bien faible don,
elle croira que c'est toi qui l'a faite, et
moi, je me contenterai de lui offrir un
bouquet.

MARIA.

Merci, oh ! merci, ma bonne Gabrielle ;
mais, tu sens que je ne puis accepter. —
Tromper ma bonne mère, être menteuse
pour la première fois ; oh ! non, c'est impossible. — Attends, il me vient une idée,
mais une bien bonne idée. — Oh ! mais,
une idée qui me sauve. — Je vais faire
des vers.... c'est cela, des vers pour ma
mère chérie. — Quelle surprise ! elle ne
croit pas que je puisse en faire et j'en ai
déjà fait, va, et tu penses bien que le sujet va m'inspirer.

GABRIELLE.

Mais, Maria, y penses-tu ?

MARIA *l'interrompant, la main sur*
la bouche.

Tais-toi, tais-toi, ça vient ; assieds-
toi là et tu vas voir. — Je ne serai, bien
sûr, pas obligée de donner ta bourse. —

(Elle rêve un instant, puis écrit et dit comme d'inspiration.) — Oh ! c'est un bien beau jour que celui de ta fête. (*On sonne.*) Mon Dieu ! Gabrielle, ce sont nos amies qui viennent, la fête va commencer ; toute la famille est la et je ne suis pas prête, je n'ai rien à offrir, pas même un bouquet de préparé, pas même une fleur ; je perds la tête, Gabrielle. — Eh bien ! oui, j'accepte ta bourse. — Mais, quelle honte et quels remords ! Je ne l'aurai pas faite cette bourse, je n'oserai jamais la donner à maman ; la tromper, oh ! c'est impossible.

GABRIELLE.

Tu en feras vite une semblable et ta conscience sera tranquille.

MARIA.

Oh ! que je suis bien punie de l'inconstance de mes goûts.... (*Avec abattement.*) Tu avais raison, Gabrielle. — Mais, voici maman elle-même, donne, je veux pourtant être la première à lui souhaiter sa fête ; Dieu m'inspirera sans doute.

LA MERE.

Calme-toi, mon enfant, j'ai tout entendu ; je ne veux pas que tu profites de l'offre généreuse de Gabrielle, qui se fait un plaisir de me montrer son attachement et le fruit de son travail; je l'accepte d'elle et non pas de toi. — Tu as eu d'excellentes intentions, mais la légèreté et l'inconstance que je t'ai déjà tant reprochées, te puniront assez aujourd'hui, je l'espère, pour que tu fasses à l'avenir des efforts sérieux afin de t'en corriger.

Tous nos amis m'apportent quelque chose, et toi, ma fille, tu en seras le témoin; ils ignoreront cependant ta punition, mais je porterai toujours la bourse de ton amie, et, chaque fois que je te verrai prête à te livrer à ce frivole amour du changement, je te la montrerai, et elle te dira toujours :

Qui trop embrasse, mal étreint,
ou
Rien ne sert de courir, il faut partir à point.

Chat échaudé craint l'eau chaude.

—

Personnages : {
GERTRUDE.
ÉLISA

ÉLISA.

Enfin, ma bonne amie, le grand jour de la distribution approche, et nous sommes plusieurs à concourir pour le prix d'honneur.

GERTRUDE.

Bien sûr que tu le gagneras! Madame paraît avoir une préférence pour toi, tout le monde le voit bien, va, elle te dit toujours des paroles d'amitié.

ÉLISA.

Peux-tu supposer qu'elle fasse des injustices à ce point? c'est lui faire une injure. D'ailleurs, tu sais bien que ce prix se donne par élection, ce sont nos compagnes qui en décident : n'avons-nous pas aussi notre suffrage universel?

GERTRUDE.

Oh bien! tu es tout aussi sûre de l'avoir. On sait bien que tu te fais aimer de ces demoiselles, parce que tu leur promets de belles choses.

ÉLISA.

C'est cela! je les corromps, n'est-ce pas? Oh! Gertrude, peux-tu penser ainsi sur mon compte, je serais bien déloyale. Non, je suis seulement le programme, tu peux en faire autant et tu auras autant de droit que moi à recevoir ce prix tant désiré.

GERTRUDE.

Non, ma chère, je ne m'en vante pas; on pense bien que vous êtes la plus sage.

ÉLISA.

Allons, point d'ironie; tu me fais de la peine, est-ce que je suis mauvaise pour toi? Récapitulons seulement tout ce qu'il faut pour mériter cette élection.

GERTRUDE.

Oh! je le sais; du reste, va, je vais te le dire moi-même et tu verras si j'en suis digne.

D'abord, il faut toujours être exacte aux heures d'arrivée, et, si je me le rappelle bien, rarement je suis la première

Puis , il faut toujours ou presque toujours bien savoir ses leçons : enfin, et, je
rougis un peu de le dire, je fais des
redites , des *hein*, *hein*, je regarde le plafond, espérant que mon mot en descen-
dra ∴ finalement je ne sais presque jamais.

Puis, on exige que les cahiers soient
propres, bien tenus, bien écrits, sans pâ-
tés..., et, je ne sais pas comment cela se
fait, mais avant de commencer ma page,
elle est déjà salie. — Vois-tu aussi, c'est
que les plumes d'à présent ne valent rien
du tout.

ÉLISA.

Ne serait-ce pas qu'en la tenant à la
main, ta plume, tu regardes en l'air si
les mouches volent ? et pendant ce temps,
le maudit bec coule, coule,.... Je sais cela,
va, c'était ainsi que je faisais avant d'avoir
pris une bonne résolution.

GERTRUDE.

Laquelle donc ?

ÉLISA.

Celle de bien travailler quand je suis
au travail.... Mais, voyons la suite du
programme.

GERTRUDE.

Il faut encore ne pas manquer la classe
sous de frivoles prétextes; que les devoirs
soient toujours faits consciencieusement.
Et la foire, ma bonne amie, la bienheu-
reuse foire m'a bien occupée cette année,
si tu savais. Mais, tu le sais sans doute,
que c'était amusant les singes savants et
les tours du magicien, et les pluies de
fleurs et de jouets; oh! que je m'y suis
amusée. Vois-tu, ma chère, je tourmen-
tais tant maman, qu'elle m'y conduisait
chaque soir, et nous n'en sortions qu'à
onze heures.

ÉLISA.

Et tes devoirs, étaient-ils bien faits?

GERTRUDE.

Oh! pour ça non, je t'assure, et plus
d'une fois, j'en suis persuadée, Madame
aurait bien voulu envoyer la foire....d'où
elle sortait.

ÉLISA.

Je le crois bien; mais, voyons notre
programme. Tiens, je vais achever de te
le dire, moi. — Il faut aussi que chaque
jour de l'instruction religieuse on aie
soin de ne pas avoir le mal de tête chro-
nique qui oblige nos trop bonnes mères

à nous donner congé, et, par conséquent,
à manquer le catéchisme et nos rédac-
tions religieuses ; c'est aussi abuser de
leur tendresse, va.

GERTRUDE.

Oh bien! tiens, quand je veux manquer la classe, je pleure, je dis que j'ai
mal à la tête, et maman cède tout de suite
à ce que je veux.

ÉLISA.

Gertrude! Gertrude! Sais-tu que c'est
fort mal, au moins? Ça me fait bien de la
peine pour toi, et tu n'ajoutes pas, ce que
nous savons toutes, que tu lui dis des injures à ta maman, quand elle ne fait pas
sur le champ ce que tu veux. O Dieu! toi
que je reconnais souvent bonne pour moi,
pour d'autres même, injurier ton excellente mère, celle qui t'épargne les peines
les plus légères.

GERTRUDE.

Mais puisque maman en rit.

ÉLISA.

Madame n'en rit pas, elle; elle veut que
nous soyons non-seulement instruites,
mais bonnes et respectueuses envers nos
parents, et elle veut encore que pour nos
compagnes nous soyons douces et com-

plaisantes. Jamais de, *tu m'ennuyes, tu m'emb....*, tu comprends, tous gros mots qu'il faut laisser aux enfants mal élevés.

GERTRUDE.

Mon Dieu! ma chère amie, mais c'est trop exiger.

ÉLISA.

Eh bien! écoute, Gertrude, n'exige pas toi-même le prix d'honneur, puisque cela veut dire : Tout bien faire. — On ne peut pas non plus, tout à la fois, bien s'amuser et bien apprendre.

GERTRUDE.

Mais toi, comment as-tu fait? car tu né valais guère mieux que moi il y a un an, et tu n'avais pas encore eu le prix.

ÉLISA.

Justement, j'allais te l'expliquer... Je crains Dieu, j'adore mes parents, j'aime mes maîtresses, et je suis heureuse, quand les personnes que je connais me témoignent de l'estime.

Eh bien! ma conduite me mettait mal avec Dieu, affligeait mes parents et mes maîtres et me faisait mépriser des personnes sensées. — Je n'avais pas la force de me vaincre. Enfin, un jour je priai tant et tant le bon Dieu, que je me sentis au cœur une forte résolution, et chaque jour...., non pas positivement chaque jour, cela n'allait pas si vite, mais enfin, chaque semaine peut-être, je fis un peu moins mal, je mis de côté un de mes gros défauts. — L'amour du travail me vint, et, aidée de prières ferventes, je suis parvenue à être un peu mieux que je n'étais.

GERTRUDE.

Et tu crois que moi aussi je parviendrai à devenir meilleure, à mériter le prix d'honneur, enfin ?

ÉLISA.

Sans aucun doute; tu feras comme j'ai fait, tu réfléchiras, tu prieras, tu te corrigeras, tu ne seras plus ignorante, tu mériteras le prix d'honneur, et, ne faisant plus le mal, n'étant plus punie, tu prouveras que

Chat échaudé craint l'eau chaude.

Bonne renommée vaut ceinture dorée.

—

Personnages :
{
ALEXANDRINE.
MATHILDE.
Mme LAMBERT.
Plusieurs jeunes filles.
}

ALEXANDRINE, *faisant des mines*.

Ne trouves-tu pas, Mathilde, que cette robe me sied à ravir? Maman l'a achetée dans le plus gros magasin de la ville, j'ai voulu d'une etoffe chère, mais j'ai eu bien de la peine à la décider ; elle disait que la simplicité convient mieux à une jeune fille....Quelle idée, dis donc? Quand on est riche comme nous, vouloir me mettre comme celles qui n'ont rien.

MATHILDE.

Mais elle a raison ta maman, si tu es si brillante à ton âge, que mettras-tu quand tu seras grande demoiselle?

ALEXANDRINE.

Oh! toi, je crois bien que tu peux dire cela, tu n'en as jamais, de jolies robes.

MATHILDE.

C'est vrai, Alexandrine, mais tu m'accorderas au moins qu'elles sont toujours propres; tandis que toi, tu les souilles vite. On ne les voit pas longtemps belles.

ALEXANDRINE.

Eh! qu'est-ce que ça me fait? j'ai les moyens d'en avoir d'autres.

MATHILDE.

Alors, combien d'argent dépensé inutilement, puisque tu es rarement propre; quoique élégante, tu conviendras qu'avec ce superflu tu pourrais bien habiller de pauvres jeunes filles qui n'ont pas même le nécessaire.

ALEXANDRINE.

Mademoiselle, je fais des aumônes, je jette toujours des sous aux pauvres dans la rue.

MATHILDE.

Tu jettes, c'est bien le mot. Oh! ma chère, il y a bien d'autres manières de donner aux pauvres.

ALEXANDRINE.

Tu dis déjà comme maman, qui donne des habillements qu'elle a elle-même travaillé de sa propre main. Moi, ça m'ennuie, ce travail ; je suis riche, je donne vite de l'argent quand on m'en demande, car je n'aime pas être importunée par ces gens-là.

MATHILDE.

Ah ! ma bonne amie, si tu étais dans la médiocrité, tu serais plus sensible aux misères des autres.

ALEXANDRINE.

Il est vrai que tu n'es pas riche, et je te plains, car tu travailles toujours, tu écris, tu étudies.... moi, je déteste tout ce qui m'applique ; d'ailleurs, à quoi cela peut-il me servir?... J'ai entendu dire que c'était bon pour les personnes qui veulent s'en faire un moyen d'existence, et qu'on est toujours assez savante quand on a de l'argent.

MATHILDE.

Tu as pris cela à la lettre? Mais c'est une raillerie contre les paresseux ; car on méprise le riche ignorant et l'on s'en moque, surtout quand il est ignorant par sa faute, par paresse..., comme toi,

par exemple, si tu ne travailles pas plus
que tu ne l'as fait jusqu'a présent ; car,
sans reproche, je te fais la moitié de tes
devoirs, et, comme je ne puis pas étudier
pour toi, tu ne sais jamais tes leçons.

ALEXANDRINE.

Ah bien ! veux-tu parier que, malgré
cela, j'aurai un prix, peut-être plusieurs,
même ?

MATHILDE.

J'en serais peinée pour toi, cela t'en-
couragerait à ne rien faire ; je me reproche même de t'avoir aidé dans cette
composition, car enfin, c'est une tromperie.

ALEXANDRINE.

Oh ! mon Dieu ! c'est pour la forme, va,
qu'on en demande, je suis presque persuadée que j'aurai un prix, sans cela, tu
penses bien que Madame ne voudrait pas
désobliger maman, et bien certainement
on me retirerait de chez elle, si je n'avais
pas de prix.

MATHILDE.

Je crois que tu penses faussement sur
la justice de nos maîtresses : tu dois te
rappeler que plusieurs de nos élèves paresseuses n'ont rien reçu, et que cepen-

dant elles ont continué à venir ; car les parents avaient compris que c'est une punition salutaire pour exciter l'émulation plus tard.

MADAME LAMBERT *entre.*

Mesdemoiselles, je viens de lire les compositions, il y en a une signée Alexandrine, et je vous avoue (*Regardant celle-ci*) que je ne crois pas qu'elle soit de vous, c'est la mieux de toutes, et je sais, ma pauvre enfant, que malheureusement vous ne travaillez pas assez pour arriver à ce résultat. C'est bien de votre écriture, mais volà tout, n'est-ce pas ?

ALEXANDRINE.

Oh ! Madame, croyez-vous ?

MADAME LAMBERT.

Ne mentez pas, Alexandrine, vous savez qu'on ne peut guère me tromper, et vous aggraveriez votre faute (*Se tournan vers Mathilde.*) Ne serait-ce pas vos ?

MATHILDE.

Madame.

MADAME LAMBERT.

Je vous dispensé aussi, mon enfant, l'un mensonge pénible et toujours ré-

5

préhensible, même pour obliger. Je ne
veux rien savoir par vous, afin de ne pas
vous embarrasser. — Je change d'avis,
nous allons faire une épreuve, vos compagnes décideront.

Entrent toutes les élèves auxquelles
Mᵐᵉ Lambert s'adresse ainsi :

Mesdemoiselles, vous vous rappelez
toutes que le récit d'une promenade autour de la ville et la description de la
campagne était le sujet de la composition.

Celle qui mérite le prix , et tâchez de
la reconnaître, n'a pas voulu donner une
indication sèchement fidèle des lieux par-
courus; sans doute, elle a dépeint avec
exactitude, en y rattachant avec facilite
des notions géographiques, mais elle ne
les a pas nommés tous, ce qui aurait été
fastidieux, elle a choisi ceux qui se rat-
tachaient à des traits intéressants d'histoire. Non-seulement elle a dépeint la
nature , mais elle a montré l'art et l'in-
dustrie dans ce qu'ils ont d'émouvant et
d'admirable.

Puis, par de sérieuses réflexions, elle
est arrivée à la morale, à Dieu, l'auteur
et la fin de toute chose, et c'est là le mé-

rite que je loue le plus dans son travail ; car celle-là est vraiment savante et a fait le plus de progrès, qui occupe le plus souvent sa pensée des maximes de la sagesse et élève le plus souvent son âme vers Dieu.

(Au lieu de ce qui précède, on le remplace, si l'on veut, par la composition qui se trouve à la fin du proverbe et qui peut servir de modèle.)

MADAME LAMBERT.

Maintenant, laquelle croyez-vous de ces deux demoiselles qui ait fait la composition, et motivez votre opinion ?

UNE ÉLÈVE.

C'est Mathilde, car elle y parle de Dieu et nous la savons pieuse.

UNE AUTRE.

Puisqu'elle parle d'histoire, c'est elle, car jamais elle n'en manque un mot.

UNE TROISIÈME.

De la géographie, c'est Mathilde, car toujours elle sait ses leçons.

UNE QUATRIÈME.

Nous ne pouvons pas juger des fautes, mais, veuillez nous dire, Madame, combien il y en a.

MADAME LAMBERT.

Mes enfants, il y en a seulement de ponctuation, c'est-à-dire de sérieuse attention.

TOUTES ENSEMBLE.

C'est elle.... Ce ne peut être qu'elle. C'est Mathilde, oh! Madame, accordez-lui le prix sur le champ; elle le mérite, car non-seulement elle est instruite, mais elle est bonne.

PREMIÈRE ÉLÈVE.

Jamais elle ne nous fait gronder.

DEUXIÈME ÉLÈVE.

Elle nous reprend toujours avec douceur.

TROISIÈME ÉLÈVE.

Elle nous aide dans nos devoirs, en nous facilitant les moyens de les faire.

UNE PETITE.

Elle consent à tous les jeux que nous voulons.

MADAME LAMBERT.

Allons, mes enfants, je me rends à vos vœux. Cependant les prix ne doivent se donner que le jour de la distribution, mais nous recommencerons devant vos

parents. Mathilde mérite bien d'être deux
fois couronnée, puisqu'elle nous confirme
aujourd'hui que :

Bonne renommée vaut ceinture dorée.

Composition pour ce proverbe.

LES ENVIRONS DE NANCY.

Charmante ville de Nancy, que j'aime
comme on aime une bonne mère. Pourquoi ne dirai-je pas ce qui la rend belle
entre les belles...., sa campagne, or-
née, agrandie par Stanislas ; il oublia
pour Nancy, son exil, sa royauté et
ses persécuteurs. — Cent ans seulement
nous séparent de ce temps heureux et
brillant.

Je quitte donc la ville, tout le monde
la connaît, et j'aborde les champs. — Je
sors par la porte qui reçoit son nom du
bienfaiteur de la Lorraine, nom qui
inspire, car déjà je vois la bienfaisance
sous toutes les formes. Je m'incline en
passant devant ce nouvel abbé de l'Épée
qui a su, par de nouvelles et savantes
combinaisons, rendre la parole, c'est-à-
dire une seconde vie, par l'agilité des

doigts, à des malheureux deshérités de la
nature. Il leur a appris que Dieu les a
privilégiés, eux , parce qu'ils ont moins
reçu que les autres.

Mes yeux se portent ensuite vers un
beau bâtiment, simple et grand, jardin,
aisances, bien-être de toute sorte, on dirait la demeure d'un riche manufacturier
se reposant de ses travaux. On lit sur
la porte : *Asile pour la vieillesse et la pauvreté.* — Oui, la pauvreté, le vice même a
trouvé là demeure , vêtement, propreté
et chaude charité. — La piété le dirige,
et parmi les bienfaiteurs, on lit aussi
Drouot ! Ce mot dit tout le principe de la
fondation.

Le cœur ému, je longe à gauche et suis
l'étang fameux où s'engloutit une gloire
et un homme. Sa chute est marquée là à
la date de 1477, et si le nom reste, c'est
comme dévastateur... . Charles, tu n'auras de moi ni admiration, ni soupir.
Passons. Voilà l'ancien cimetière. Arrê-
tez ! Que faites-vous, profanes ? Vous re-
muez la cendre des morts ! Là , sont nos
pères ou nos amis à tous !... Laissez-les
reposer !... Mais un bruissement affreux
vient couvrir ma voix, un sifflement ai-

gu coupe les airs, le monstre s'ébranle,
(la locomotive) le léviathan entraîne dans
ses vastes flancs cette foule agitée, re-
muante, diverse de figures, de projets;
ils vont, ils vont, emportant avec eux,
avec le vent et le bruit, les dernières par-
celles de la poussière de leurs ancêtres.
—Oui, tout passe!... la joie et la douleur.
Vous passerez aussi, vous, malheureux
privés de raison et dont j'aperçois au loin
la magnifique demeure. Adossée au co-
teau, elle paraît cependant dominer toute
la vallée et dominer ces gracieuses villas.
Jadis, les cris sauvages de ces pauvres
êtres s'entendaient au loin à la ronde,
maintenant une sage administration en
a fait presque des heureux. — Du moins,
tout est paisible, car tous travaillent selon leurs goûts. — Merci, mon Dieu! d'a-
voir fait des malheureux pour que la
charité, lien d'amour entre les hommes,
les soulage et les console.

Des champs cultivés, des prés fleuris,
des jardins où tout abonde, remplissent
l'espace de Maréville à Bon-Secours, jolie
église toute de marbre, consacrée à la
Reine des cieux, à la Vierge de Bon-Secours. — Combien de soupirs, combien de

larmes, combien de vœux n'a-t-elle pas entendus, essuyés, exaucés, depuis qu'elle est là, comme un avant-poste, un lieu de halte avant l'entrée de la ville!— Priez, semble-t-elle dire, mettez la paix dans votre âme avant de pénetrer dans le séjour des passions.

Non, je n'entre pas, je laisse la porte de la ville à ma gauche et je vais m'égarer autour des sinuosités de notre jolie Meurthe, qui, descendue des Vosges presque côte à côte avec la capricieuse Moselle, a suivi paisiblement son cours, prenant ici le Saunois, plus loin la Vezouz, puis d'autres ruisseaux plus modestes encore. Elle n'en a pas moins grossi son cours pour arriver plus imposante retrouver à Frouard sa fantasque sœur, qui, forte de leur réunion, avait pour un instant voulu, elle aussi, porter la vapeur.... Tu en fus punie, Moselle, tes passagérs, arrêtés dans leur course, jetés sur la grève, étaient réduits à voir galoper en ricanant la lourde diligence qui, ainsi que la tortue, leur jetait en passant : *Rien ne sert de courir, faut arriver à point.*

Mais la Meurthe, moins ambitieuse, se contente d'être utile sans briller. Sem-

blable à la mère qui se dépouille pour ses
enfants, elle divise ses eaux, en alimente
le canal, verte et vivante ceinture autour de la ville, et, satisfaite d'avoir fait
des heureux pendant son modeste cours,
elle perd sans se plaindre son individua-
lité, son nom, et s'engouffre pour aller
plus loin dans le grand abîme. Filles, femmes modestes, voilà votre image et votre
exemple !

La parole est d'argent, le silence est d'or.

—

Personnages : { LUCIE. / REINE. / ÉLISE.

LUCIE.

Oh ! quel bonheur, quel bonheur !

REINE.

Eh bien ! qu'as-tu donc? d'où vient cette grande joie ?

LUCIE.

Comment, tu ne sais pas ; mais si, tu le sais : c'est demain la Saint-Nicolas.

REINE, *avec dédain.*

Eh bien ! qu'est-ce ça me fait, à moi, la Saint-Nicolas ?

LUCIE.

Qu'est-ce que ça te fait? Mais, ne vois-tu donc pas tout ce que j'apporte à sa bourrique : du foin, un bon billet de ma maîtresse, vois-tu? Et mes souliers pour

mettre dans la cheminée de ta maman...,
car elle me l'a permis, ma bonne tante!
Sa bourrique mange cela, pas les souliers, mais le foin, et saint Nicolas donne
de belles choses en échange.

REINE *riant*.

Oh! la sotte, la sotte! Peut-on croire
des bêtises semblables ; c'est avec ces
contes-là qu'on amuse les bambins de
trois ans et les petites nigaudes. Oh bien!
il y a longtemps que je n'y crois plus,
moi, tu présumes bien qu'à huit ans, je
suis trop grande fille pour croire tout ce
qu'on me débite,

LUCIE.

Mais enfin, puisque chaque fois je
trouve quelque chose dans mes souliers, il faut bien que saint Nicolas l'y
apporte...; d'ailleurs, maman me l'a
dit....

REINE.

Et la mienne aussi me l'a dit ; mais je
fais semblant de le croire, afin d'avoir
des friandises et des jouets en quantité.

LUCIE.

Enfin donc, qui est-ce qui apporte tout
cela?

REINE.

Tu ne devines donc pas? Ce sont les mamans, petite simple, et qui se moquent de nous après.

LUCIE.

Oh! oui. Comment donc as-tu su cela!

REINE.

Voici. — Je n'ai pas besoin de te dire que j'étais curieuse de voir saint Nicolas et sa bourrique; alors l'inquiétude me tenant éveillée, voilà que dans la nuit j'entends un petit bruit, le cœur me bat bien fort, comme tu penses, et je retiens ma respiration, on ouvre tout doucement la porte et je vois maman qui s'avance à pas de loup près de mon lit pour voir si je ne dormais pas.

LUCIE.

Et tu ne t'es pas mise à rire?

REINE.

Ma chère, je me tenais à quatre, je fermais les yeux et je faisais semblant de dormir. — Puis, je les ouvris tout doucement quand elle eut le dos tourné, et je la vis déposer ses provisions dans la cheminée et emporter mon foin. — Oh! qu'il me tardait d'y aller voir.

LUCIE.

Oh! mais, c'est-il bien vrai, ce que tu me dis là? J'aime mieux, moi, que ce soit saint Nicolas. Tiens, je le priais de si bon cœur, et puis ça me rendait si sage l'idée qu'il m'en récompenserait.

REINE.

Eh bien! ma bonne, permis à toi d'y croire encore, prends que je ne t'ai rien dit; moi, je suis trop grande pour cela et je le dirai bientôt à maman.

LUCIE.

Trop grande? Mademoiselle, vous n'avez qu'un an de plus que moi.

REINE, *avec fatuité*.

Oui, mais, ma chère amie, il y a des choses qui grandissent, et qui rendent bien raisonnable. — Ça dépend de ce qu'on sait.

LUCIE.

Oh! mon Dieu! que sais-tu donc de plus que moi?

REINE, *d'un air suffisant*.

Il me semble que je peux bien avoir des secrets, moi, des secrets qu'on m'a confiés!

LUCIE.

Ça m'étonnerait bien, car, entre nous, tu es un peu babillarde.

REINE.

Merci, tu es bien honnête! J'allais peut-être te les dire, mes secrets, mais puisque je suis babillarde....

LUCIE.

C'est pour rire, va! Tu sais bien que nous sommes bonnes amies, et que je te dis aussi tout ce que je sais. (*Avec chatterie.*) Dis-les moi?

REINE.

Oh bien! oui, je suis une babillarde; d'ailleurs, c'est un secret très-important qui causerait un grand dommage, si on le connaissait.

LUCIE.

Apprends-le moi, je te promets de n'en pas parler. Tu peux bien me le dire, va, je te donnerai mon beau morceau de soie, veux-tu?

REINE.

Oh! non, je serais grondée.

LUCIE.

Je t'assure qu'on ne le saura pas....

Tiens, je te donnerai ma belle poupée à ressorts.

REINE.

Mon Dieu, que tu me tourmentes ! Au reste, ce secret me concerne un peu, et je puis bien en disposer. — Et puis, d'abord, c'est par hasard que je l'ai su.... J'écoutais.... Non, non, j'étais dans un coin, sans penser à rien, quand j'entendis maman qui disait à ma sœur aînée : oui, mon enfant, ta sœur obtiendra une place à Saint-Denis, si, gardant le secret de notre demande et le nom de notre protecteur, nous ne nous laissons pas devancer par une autre personne bien protégée et qui est sur les rangs pour la même place. Tu conçois qu'ayant vent de notre projet, ceux qui poursuivent le même but, accéléreraient leurs instances et la bourse nous échapperait, car leur appui vient de haut.... En me remuant pour m'enfuir, je fis un léger bruit, maman m'aperçut et me dit : tu as surpris notre secret, maintenant ton sort est entre tes mains. Sois discrète et tu ne seras pas punie pour avoir écouté ; mais, si j'entends un mot, sur toi seule retombera la faute.

LUCIE.

Et je pense que tu n'en as parlé qu'à
moi? Tiens, je me repens maintenant de
te l'avoir demandé. — C'est lourd un secret important, si cela se savait, on croirait que c'est moi.

REINE.

Je pense que tu ne le diras pas.... Mais,
mon Dieu ! Je me rappelle l'avoir dit à
ma bonne à qui je dis tout ; mais elle m'a
bien promis de n'en pas parler.

LUCIE.

Allons, espérons qu'elle a tenu sa pro-
messe. Cependant, une bonne, ma chère
Reine.... Mon Dieu! pourvu qu'il n'arrive
rien !

ÉLISE, *sa sœur, arrivant.*

Oh ! ma sœur, que c'est malheureux !
Maman est bien désolée, va , notre secret s'est découvert et nous ne savons
par qui, car je ne te soupçonne pas ;
quand on a présenté la demande pour
Saint-Denis, le Ministre a répondu que la
bourse venait d'être donnée, et nous avons
appris que M. D.... ne s'était tant pres é,
que parce qu'il avait su qu'un concurrent
se dépêchait aussi. Il l'a emporté de vi-

lesse, et nous, ma pauvre sœur, nous
voilà de nouveau en peine pour ton éducation et ton avenir.

REINE.

Ah ! ma sœur, ma sœur ! Si cette indiscrétion venait de moi ! .. Car, je l'ai
dit à notre bonne qui m'aime beaucoup
et qui est bien aise quand il m'arrive
quelque chose d'agréable.

ÉLISE.

Est-il possible, Reine, que tu te sois
laissée aller à de pareilles confidences!
Maintenant, c'est comme un trait de lumière ; effectivement, on m'a parlé de
bavardage de bonne.... Mais je n'aurais
jamais pu croire à tant d'imprudence de
ta part ... Et cependant tu n'avais pas
su garder tes secrets sur la Saint-Nicolas.
— La vanité, ma pauvre sœur, de vouloir passer pour une grande fille, t'a fait
découvrir l'innocente ruse de notre mère
pour te faire de jolis présents au nom du
saint, protecteur des enfants. Tu n'auras
plus rien à cette époque, bien faible punition pour l'indiscrétion beaucoup plus
grave dont tu t'es rendue coupable par
vanité encore, et pour une intempérance

de langue bien dangereuse.... Que cette époque vous rappelle donc, Mesdemoiselles, et puissiez-vous vous rappeler tous les jours que :

La parole est d'argent, mais le silence est d'or.

Désordre et Indolence.

La scène représente une classe, plusieurs élèves, beaucoup d'objets traînant çà et là.

EUGÉNIE *seule, entourée de ses devoirs qu'elle ne fait pas ; elle déchire de petits papiers qu'elle sème autour d'elle.*

Oh! ça m'ennuie, ces devoirs! D'ailleurs, j'ai le temps, puisque j'ai de la mémoire et que j'apprends toujours de plus grandes leçons que les autres; et puis, je n'ai pas de plume, où est-elle donc, ma plume? — (*A Aimée qui entre.*) Dis donc, Aimée, as-tu vu ma plume?

AIMÉE.

La bonne idée, quelle forme a-t-elle, ta plume?

EUGÉNIE.

Ma foi, comme les autres; je parie qu'on me l'a prise, on prend tout ici.

AIMÉE.

Oui, les objets qui traînent, et c'est

bien fait ; c'est comme tes gants, l'autre jour, qu'on t'avait pris, soi-disant, et que tu as retrouvés dans une de tes bottines, et les mêmes bottines égarées dans le panier aux ordures.

EUGÉNIE.

Oh ! si on peut dire, Mademoiselle, ce n'est pas moi qui les y avait mises.

AIMÉE.

C'est bien possible ; mais si tu les avait placées où elles devaient être, on ne les aurait pas jetées là. Elles auraient été nettoyées et tu ne serais pas sortie avec une bordure de crotte qui te faisait regarder de tout le monde, car il faisait un temps superbe, et Madame avait voulu te les faire conserver pour te punir, tu te le rappelles.

EUGÉNIE.

Eh bien ! mon Dieu ! pour une fois que cela m'arrive.

AIMÉE.

C'est bon, une fois ; et tes robes non pliées que tu jettes en tas, ce qui fait qu'au moment de sortir, crac, la robe a mille plis, et Madame te fait rester à la maison pendant que nous faisons une bonne promenade?

EUGENIE.

Mais, je ne suis pas assez grande pour
arriver au clou où on les suspend, nos
robes.

AMÉLIE.

C'est bon, quand ton pot de confiture
est perché encore plus haut que le clou
de tes robes, tu sais bien prendre une
chaise et grimper dessus pour y at-
teindre.

EUGÉNIE.

Eh bien ! cela ne te regarde pas. C'est
bien assez que Madame m'appelle traî-
neuse, sans que tu viennes encore t'en
mêler.

AMÉLIE.

Écoute donc, c'est dans ton intérèt ;
c'est pour t'épargner de nouvelles se-
monces que je te rappelle tout cela, et,
enfin, n'as-tu pas l'envie de te corriger ?

EUGÉNIE.

Mais si, tu vois bien que je fais des efforts. Est-ce que l'autre jour, je n'ai pas
cherché pendant une demi-heure ce
mouchoir que j'avais perdu ? et mes ai-
guilles, je n'en perds plus qu'une par
jour, ainsi !

SUZANNE.

Mesdemoiselles, voici Madame qui va
passer sa revue, gare les devoirs non faits
et les papiers en désordre.

*Elles se mettent toutes à ranger leurs pu-
pitres.*

EUGÉNIE.

Eh! mon Dieu! pendant que je me dé-
pêchais, voilà que j'ai renversé l'encrier
sur mes cahiers et sur ma robe, ma plus
belle encore! Qu'est-ce que maman va me
dire? si seulement j'avais eu fini de raccommoder ma vieille pour ce matin, ça
ne me serait pas arrivé sur celle-ci; je
vais être joliment grondée.

AIMÉE.

Ma bonne, arrange-toi; n'as-tu pas un
petit mensonge tout prêt pour te dis-
culper?

EUGENIE.

Mademoiselle, je ne mens jamais, maman l'a bien dit à Madame.

AIMÉE.

Ce serait pourtant bien commode en ce
moment, plus commode que de soigner
ses effets, n'est-ce pas?

EUGENIE.

Tu es bien méchante, ma chère, tu te

moques de moi au lieu de m'aider à sortir d'embarras. (*Elle se lève, renversant ses cahiers qu'elle laisse.*) Il faut que j'essaie de laver cette tache ; peut-être qu'elle partira, et alors on n'en saura rien. (*A une autre élève qui entre.*) Émélie, prête-moi ton savon, dis, pour laver ma robe.

AMÉLIE.

Est-ce que tu n'as pas le tien ?

EUGENIE.

Je l'ai laissé tomber dans l'eau pendant que je me lavais les mains, et il s'est tout fondu.

AMÉLIE.

C'est donc pour cela que depuis huit jours tes ongles sont en deuil ? Mais si tu n'as plus de savon, fais-en acheter, justement la bonne va sortir.

EUGÉNIE.

C'est que je ne sais pas ce que j'ai fait de mon porte-monnaie ; pourtant je l'ai encore vu l'autre jour. Peut-être qu'en sautant à la corde, je l'aurai laissé tomber dans le jardin.

AIMÉE.

Je vois maintenant pourquoi hier tu n'as pas voulu donner à la souscription qu'on faisait pour la pauvre femme ma-

6

lade. Vois ou te mène ton désordre; ça t'a fait passer par toute la classe pour un mauvais cœur, et, de plus, cela t'a privée du plaisir que procure une bonne action.

EUGÉNIE.

Ma chère, comme tu prêches; au moins, tu profites des sermons que Madame nous fait, toi. Tiens, si je voulais, je t'en ferais aussi des sermons, ce n'est pas difficile; écoute. (*Elle prend une règle et s'avance d'un air sévère.*) Non, je vais vous donner une représentation de cette dame qui est venue l'autre jour, vous aurez le sermon après. (*D'une petite voix flûtée et faisant des minauderies.*) Bonjour Madame, comment vous portez-vous? comme il me tardait de vous voir. (*Les élèves rient.*)

ADELINE.

Mais tais-toi donc, Eugénie, tu m'empêches d'étudier ma fable, tu ferais mieux d'étudier toi-même que de singer les connaissances de Madame.

EUGÉNIE.

Bah! cette fable, je la sais depuis longtemps; Madame me l'a donnée comme une morale à mon adresse, je l'ai bien deviné tout de suite.

ADELINE.

Dis-la voir, si tu la sais. Je parie que tu ne vas pas d'un bout à l'autre sans te tromper.

EUGÉNIE.

Mon Dieu, comme si c'était si difficile, tiens. (*Elle monte sur son banc et déclame.*)

La Cigale et la Fourmi.

La cigale ayant chanté
          Tout l'été,
Se trouva fort dépourvue
Quand la bise fut venue :
Pas un seul petit morceau
De mouche ou de vermisseau.
Elle alla crier famine
Chez la fourmi sa voisine,
La priant de lui prêter
Quelque grain pour subsister
Jusqu'à la saison nouvelle.
Je vous paierai, lui dit-elle,
Avant l'oût, foi d'animal,
Intérêt et principal.
La fourmi n'est pas prêteuse :
C'est là son moindre défaut.
Que faisiez-vous au temps chaud ?
Dit-elle à cette emprunteuse. —

Nuit et jour à tout venant
Je chantais, ne vous déplaise. —
Vous chantiez ! j'en suis fort aise :
Eh bien ! dansez maintenant.

AIMÉE.

C'est vrai que l'histoire de la cigale,
c'est bien la tienne ; comme elle, tu perds
tout ton temps à musarder, à jouer ; tu
oublies ce que tu as à faire de sérieux,
gare qu'on ne te dise aussi un jour comme
à elle : *Eh bien ! dansez maintenant.*

EUGÉNIE.

Tra la la la, ta morale m'ennuie bien,
ma chère. (*Prenant la règle et faisant
comme la maîtresse.*) Montrez-moi vos devoirs. (*Changeant de voix.*) Ils ne sont
pas faits, Madame. (*Madame entre.*)

MADAME.

Continuez, Eugénie, je voudrais bien
savoir si vous serez sévère pour vous
comme vous le méritez. (*Eugénie ne répond rien et reste confuse.*)
Eh bien ! voyons, j'achève, moi, ces
devoirs dont vous parliez, montrez-les;
ils sont finis, sans doute, car des jeunes
filles studieuses et soigneuses ne s'amu-

sent point avant d'avoir terminé tout leur travail.

AIMÉE.

Moi, j'ai tout fini, Madame.

EUGENIE.

Je n'ai plus qu'un bout de journal à achever.

MADAME.

Les leçons, histoire, géographie, fables, tout cela est su, sans doute.

EUGENIE.

Madame, ma sœur avait mes livres, je ne sais pas les leçons qu'on nous a données.

MADAME.

Vous pouviez vous en informer près de vos compagnes, mon enfant. J'aurai donc toujours les mêmes reproches à vous faire, paresse, insouciance, dissipation ! Vous perdez à mille choses inutiles le temps destiné aux études ; et, vienne le moment de réciter les leçons ou de montrer les devoirs, rien n'est prêt, ou bien, c'est fait tellement à la hâte, que vous n'en tirez aucun fruit. Voyons ces devoirs.

EUGÉNIE.

Voilà, Madame.

MADAME.

Mon Dieu, quels cahiers! Partout de l'encre, des feuilles froissées, des pages inachevées et une écriture! Est-ce donc là l'écriture d'une enfant de votre âge?

EUGÉNIE.

Madame, c'est qu'on m'a poussée, ces demoiselles ne voulaient pas rester tranquilles.

TOUTES LES ÉLÈVES ENSEMBLE.

Oh! peut-on dire, c'est nous qui lui disions de finir son tapage.

EUGÉNIE, *regardant Madame d'un air suppliant.*

Je vais vite finir mon journal, et, pour mes leçons, il ne me faut qu'un instant.

MADAME.

Et quand le prendrez-vous, cet instant? L'heure de l'étude est passée maintenant, et moi, comptant sur votre bonne conduite à toutes, je venais annoncer une grande promenade à la campagne; mais ce ne sera que pour celles qui ont bien employé leur temps.

EUGÉNIE.

Oh! Madame, j'aurai si vite fini, vous verrez; j'achèverai pendant que ces demoiselles s'habilleront.

MADAME.

Vous-même, ne vous habillerez-vous pas? (*Avec étonnement.*) Mais, en effet, vous avez déjà votre robe de sortie, pourquoi cela, mon enfant?

EUGÉNIE.

Madame, c'est que.... c'est que l'autre était déchirée, j'avais rattaché par une épingle le morceau qui pendait (*Plus bas, en hésitant*), et le trou est devenu si grand que je n'ai pu continuer à la mettre.

MADAME.

Et celle-ci qui vous reste, est-elle présentable, au moins? Voyons un peu, tournez-vous.

AIMÉE, *à demi-voix.*

Et la tache?

EUGÉNIE, *sans se bouger.*

Oh! oui, Madame, puisque c'est hier que maman me l'a envoyée.

MADAME.

Ce n'est pas une raison, mon enfant, il ne vous faut pas si longtemps pour gâter vos effets. Levez-vous; je veux voir par moi-même. *Madame tire Eugénie par le bras, regarde la robe et voit la tache.*) Qu'est-ce que cela? Mais c'est de l'encre

fraîchement versée. Voilà encore une robe
tout à fait hors de service. Vous voyez,
ma pauvre Eugénie, que, malgré moi,
je dois vous priver de cette promenade
dont vous vous réjouissiez tant ; vous fe-
riez affront à vos compagnes en vous mê-
lant à elles avec cette robe ainsi bar-
bouillée, et moi-même je ne veux point
m'exposer à voir une de mes élèves mon-
trée au doigt pour son désordre.

AIMÉE *et les autres élèves.*

Oh ! Madame, pardonnez-lui, s'il vous
plaît ! Une autre fois elle sera plus soi-
gneuse, nous allons laver la tache qui dis-
paraîtra vite.

MADAME.

Non, mes enfants, je suis certainement
touchée de votre amitié pour Eugénie,
mais je ne puis plus pardonner. Je ferais
mal mon devoir si je ne punissais pas
cette légèreté, cette insouciance, ce désordre qui va toujours en croissant, et
compromet l'avenir de cette pauvre
enfant ; car, vous le savez, Mesdemoiselles, j'ai réussi à vous le faire comprendre à vous, de toutes les qualités d'une
jeune fille, l'ordre est le plus nécessaire,
et comme la base de toutes les autres.

Partout il faut qu'Eugénie se souvienne de ce jour ; tous ses défauts se sont montrés les uns après les autres.

Oh ! plaignez-moi, je pouvais être heureuse,
Plus que la reine et bien plus que le roi,
Mais, par malheur, je fus capricieuse,
Plaignez-moi donc et pleurez avec moi.

TABLE

DES PROVERBES.

Fin de la Table des Proverbes.

Journal

D'UNE JEUNE FILLE.

Aider à développer le sentiment du bon et du beau, voilà le but de cet ouvrage, qui n'est point une œuvre littéraire longuement méditée, mais l'inspiration de chaque jour, puisée dans le cœur et dans l'amour du bien.

Les mères chrétiennes me comprendront.

Une forme variée et presque capricieuse comme l'imagination des enfants, m'a semblé devoir leur convenir ; j'ai donc suivi exactement la marche de leur esprit ; car j'ai remarqué que toute forme didactique les rend inattentifs.

Je me suis étendue dans des détails oiseux, sans doute, mais qui leur plaisent, vulgaires, même ; les enfants sont rarement sensibles à l'élégance de la forme, parfois acquise aux dépens du naturel.

J'ai tâché de mettre dans ces causeries un peu de science, de celle qu'une femme doit avoir et cacher sous l'enjouement, n'en laissant percer que ce qui peut rendre l'esprit agréable.

La forme épistolaire, seul genre d'écrire bien, nécessaire aux jeunes filles, permet d'y faire entrer tout ce que la tendresse filiale peut imaginer de bonnes caresses, de confidences et, le dirai-je?... de bons conseils pour tous.... Car qui peut nier le penchant à l'imitation que nous possédons tous aussi ? Et n'est-il pas bien des mères qui ont fait la douloureuse épreuve de la nécessité *d'enseigner* l'amour filial à leurs enfants.

Je voudrais aussi pouvoir présenter ces journaux comme modèles de style ; mais que les enfants y puisent l'amour de Dieu par ses œuvres, les affections de famille et l'horreur du mal ; que tous les bons sentiments qu'ils renferment leur ouvrent l'esprit, le cœur et l'imagination, le style alors coulera de source et sera trouvé bon.

Enfin, j'y ai fait entrer un peu de tout, parce que l'éducation de nos jours embrasse un peu de tout, et que, cela seulement donnât-il à la jeunesse l'envie d'en savoir davantage, je m'estimerai satisfaite.

—

JOURNAL

D'UNE JEUNE FILLE.

15 *décembre* 1853.

Aujourd'hui, chère maman, j'entendais
Madame donner une composition à mes
compagnes, elle a pour titre : *Lettre d'une
jeune fille à son amie* sur les devoirs d'une
demoiselle, et voilà que je me mets à réfléchir sur *cette chose* importante. Je vais,
si vous le voulez, vous en dire mes sentiments et vous montrer comme je
comprends la jeune fille parfaite, c'est-à-
dire autant *qu'on peut être parfaite avec
nos* penchants au mal.

D'abord, je suppose *ma* jeune fille
ayant une bonne et excellente mère
comme vous, et l'aimant d'un amour
aussi tendre que respectueux. Jamais le
moindre mot de répliques malhonnêtes,

elle court même au-devant de tous les désirs de sa mère.

Cela posé, *ma* jeune fille s'éveille, sa première pensée est pour Dieu et pour ses parents; elle le remercie de les avoir conservés à son amour. Puis, elle commence sa toilette bien proprement du haut en bas, avec la décence d'une jeune chrétienne; laissant le moins possible à sa mère ou à sa bonne tous ces petits services que l'on doit se rendre à soi-même, tels que mettre ses bas, laver ses mains et sa figure, etc. Je veux que *ma* jeune fille lace son corset, car j'ai remarqué que l'on devient bien plus adroite en faisant toutes ces choses soi-même. Ainsi, pour se lacer, il faut naturellement que les deux mains se portent en arrière, l'une est pour tenir le corset et l'autre pour lacer; la première, qui est la gauche, suit les œillets en les préparant pour la main droite qui tient le lacet tout à fait; puis, on le tire légèrement par le bas en suivant la forme de la taille qui est plus large par le haut; toutefois, tant que ma jeune fille est petite, la maman, ou la bonne doit jeter un coup d'œil pour voir si un œillet n'a pas été passé; ce

qui pourrait, si cela arrivait, *faire croître*
la taille *de travers*. A demain le reste.

---

16 *décembre* 1853 (suite).

Bonjour, bonne maman, me voici ; je
vais continuer à vous *raconter ma jeune
fille.*

Quand son corset est mis, elle se dépêche d'ajouter les autres pièces de son
habillement, ses jupons, car, en hiver, un
seul ne suffit pas ; la camisole et puis le
joli col en guipure qu'elle a dû broder,
ainsi que tous les petits objets de toilette
à son usage ; puis enfin la robe, qui, ordinairement pour une jeune fille, ferme
derrière. Eh bien ! je trouve qu'il est encore bien facile de l'agrafer soi-même y
étant déjà habituée *par le corset.* Alors
arrive la coiffure, moment difficile pour
les petites DOUILLETTES et de mauvaise
humeur : — Aie ! vous me faites mal,
vous me tirez les cheveux ; oh ! je ne
veux plus que l'on me touche. Puis des
larmes, puis des mouvements d'épaules,
puis finalement une figure rouge et gon-

fléc par les pleurs et la colère. Voilà ce
qui se passe pour quelques-unes ; pour
d'autres, elles font cet ouvrage elles-mê-
mes avant de mettre leur corset, ou on
les coiffe après toute la toilette terminée.
Elles ont soin toutefois de mettre préalablement sur leurs épaules un peignoir
ou toute autre chose pour recevoir les
cheveux qui se détachent toujours dans
cette petite opération.

Tout cela fini, la jeune fille se recueille
un instant parce qu'elle va parler à Dieu,
puis elle se met à genoux en se pénétrant
de ce qu'elle va dire. Si, pour parler aux
puissants de ce monde, on tâche de ras-
sembler ses idées afin de les présenter le
plus agréablement possible, à plus forte
raison, pour parler à Dieu, le puissant
des puissants, doit-on y mettre tout le
respect qui est en notre pouvoir. Au revoir, bonne mère.

---

17 décembre 1853.

On conçoit parfaitement, ma bonne
mère, qu'ayant commencé sa journée

de cette manière, *ma* jeune fille ne peut
ne pas bien agir le reste du temps. On
procède alors au déjeûner; elle est rem-
plie d'attention pour ses parents, elle leur
prépare des siéges, choisit pour eux les
pains les plus beaux et regarde si rien
ne manque au petit bien-être de ces chers
parents; mais j'oubliais de dire qu'avant
tout elle était allée leur présenter ses devoirs, les embrassant de tout son cœur,
et qu'elle en avait reçu de bien tendres
baisers. Mon Dieu, que c'est bon, cette
affection de la famille! Que je plains celles
qui ont perdu leur père et leur mère!
Qui est ce donc qui les caresse, ces pauvres enfants? qui les console quand ils
souffrent? qui les reprend quand ils sont
en faute? qui leur donne de petites dou-
ceurs en récompense de leur bonne conduite? Oh! ma chère maman, comme
je prie Dieu qu'il vous conserve encore
longtemps à ma tendre affection!

Vous pensez bien qu'avec de bons principes, *ma* jeune fille n'est pas gourmande;
elle se met à table la dernière, sachant
toute la déférence qu'elle doit aux personnes plus âgées qu'elle. D'un coup d'œil
rapide, elle voit si rien ne manque au

service, car c'est l'ouvrage de la fille a -
née de la maison. Puis elle reçoit modestement sa part du repas de famille sans
gloutonnerie, sans regarder à droite et à
gauche si les autres ont mieux ou plus
qu'elle, sans prendre la parole à tort et
à travers, avec la voix haute et tranchée,
comme font plusieurs petites filles que je
connais..... Oh! ciel, voilà bientôt dix
heures, je termine bien vite.

---

18 *décembre* 1853.

Cette jeune fille, disions-nous, n'est
pas gourmande ; à peine a-t-elle terminé
son repas qu'elle demande la permission
de se lever et d'aller en classe ; puis elle
embrasse ses bons parents, regarde si
rien ne manque dans son cabas de ce qui
lui est nécessaire pour ses études. Si elle
a une bonne, elle la prie avec politesse
de l'accompagner ; car elle sait que les
personnes bien élevées ne parlent jamais impérieusement ni grossièrement
à ceux qui les servent. Vous l'avez
souvent dit, chère et bonne mère, nous

devons l'exemple des bons procédés à ceux qui manquent d'éducation; et, si nous leur manquons de respect, nous nous exposons à ce qu'ils nous en manquent aussi; et ne serait-il pas déplorable d'entamer une querelle avec des personnes au-dessous de nous et qui blesserait notre dignité par des mots que nous ne devons pas entendre? Aussi, d'après vos recommandations, je suis toujours en paix avec ma bonne, mais sans y mettre la moindre familiarité, car....

---

22 *décembre* 1853

Vous m'avez toujours dit aussi d'éviter de jouer, de rire avec elle et surtout de ne jamais entrer en conversation sur des choses qui ne sont pas pour le service de la maison; et surtout de ne pas me laisser tutoyer, à moins que cette bonne ne m'ait élevée dès ma première enfance, comme la mienne.

Je reviens donc à ma jeune fille; elle part pour la classe, sa bonne l'accompagne; si celle-ci connaît bien son devoir, elle se place à gauche et laisse toujours le haut du pavé à sa jeune maîtresse. Si la jeune fille est seule, elle marche posément, ne regardant ni à droite, ni à gauche, se gardant bien de courir et de faire aller son cabas deçà, delà, comme font beaucoup de petites filles et qui non-seulement font ces contorsions, mais crient, s'appellent, s'attendent, rient aux éclats. Je vous assure, ma bonne maman, que, quand j'en rencontre de pareilles, fussent-elles même de ma connaissance, je fais semblant de ne pas les voir, je rougirais d'être de la même classe. Malheureusement, il s'en trouve de semblables partout.

En entrant en classe, elle salue avec politesse, sans bruit, sans tapage, et se place de même; quand elle se sent assez sage pour une faveur, elle va près de Madame ou de Mademoiselle, demander la permission d'être embrassée, car il ne faut pas abuser de la bonté de ces dames et leur imposer comme un devoir ce qui doit être le prix de notre affection. Adieu, chère maman.

23 *décembre* 1853.

—

Bonjour, maman, me voici pour *vous dire la suite* de mon modèle. Je serais bien heureuse si vous me reconnaissiez dans ce portrait.

Arrivée en classe, elle se place au lieu assigné, se gardant bien de pousser ses compagnes et de se disputer avec elles ; elle garde le *silence*, attendant modestement le commencement de la leçon, elle prépare toutefois ce qui lui est nécessaire, cahiers, crayons, plumes, etc.; car la règle de la classe veut que l'on soit fournie de tous ces objets, d'abord parce que c'est de l'ordre, et ensuite parce qu'on évite les emprunts et le tapage qui en résulte. Je trouve qu'il est très-bon de condamner à l'amende d'un sou pour les pauvres celles qui oublient ce qui leur est nécessaire.

Vous ne savez pas, maman, ce que Mademoiselle va faire de ce petit fonds amassé sou par sou; eh bien ! elle en achètera des bons de nourriture pour les pauvres. De cette manière, *nos petits défauts tourneront au profit* des malheureux.

Retournons en classe ; avant de commencer le cours, on fait faire un grand silence ou, du moins, on tâche de l'obtenir pour dire la prière, afin que Dieu bénisse les études ; mais, ma bonne maman, j'ai souvent la douleur de voir quelques-unes de ces demoiselles rire et causer pendant ce moment suprême où la créature parle au Créateur. Quelle impiété ! Bien certainement, Dieu ne bénit pas de pareilles enfants. Moi, quand je prie, je pense que je parle à Dieu, et aussitôt toute ma dissipation disparaît. Au revoir, bonne mère !

---

24 *décembre* 1853.

Voici la neige en plein, ma chère maman, c'est l'hiver dans toute sa force; *moi, j'aime ça.* Et pourquoi ? Je n'en sais trop rien ; c'est probablement parce que tout changement me plaît. si la neige durait trop longtemps, je demanderais de la pluie ou de la chaleur.

Cependant, si je me rappelais bien vos

leçons, je me contenterais de tout ce qui se présente, tachant d'en jouir de mon mieux, glorifiant le Créateur dans tout ce qu'il a fait.

Ma jeune fille est donc en classe, écoutant avec attention la leçon de la maîtresse et repoussant par un signe poli les importunités babillardes de ses compagnes, se gardant bien d'y répondre; elle sait que c'est manquer de respect à sa maîtresse et se manquer à soi-même, car l'instruction reste imparfaite si on ne l'écoute pas en entier; puis alors, il faut regarder sur le cahier de la voisine, qui s'en plaint, et delà des disputes interminables. J'ai si bien vu tout cela, maman, que je m'abstiens de tout mot inutile, et c'est probablement à cette réserve que je dois les quelques progrès que vous avez remarqués en moi. Pendant la durée de la classe, si ces dames me rendent quelque service, comme de corriger mes devoirs, m'aider à mon ouvrage, me donner un bon avertissement, je remercie avec politesse ; car vous m'avez appris que l'argent seul ne peut payer les bons soins de nos maîtres et que nous leur devons encore et toujours une immense recon-

naissance. Je vous quitte à regret, bonne
mère, car j'avais encore beaucoup de choses à vous dire.

---

4 janvier 1854.

Voici donc le nouvel an passé avec
toutes ses joies, et je puis même dire avec
tous ses bonbons, car il ne m'en reste
plus guère ; mais les autres cadeaux qui
sont durables , ceux - la je les garde
plus longtemps, ce sont des souvenirs de
mes parents ou de mes bonnes amies.

Je voudrais pouvoir vous dire, ma bien
bonne mère, que nous avons commencé
l'année avec sagesse, attention et doci-
lité ; hélas ! nous avons débuté par faire
beaucoup de peine à Madame et à Mademoiselle, qui est si complaisante pour
nous ; nous n'écoutons jamais lorsqu'elle
nous exhorte au silence ; nous croyons
parce qu'elle y met de la douceur et de
la timidité que nous devons en abuser et
la payer d'insolence ; aussi Madame nous
en a bien réprimandées. Pour mon
compte, j'ai trop de cœur pour recom-

mencer, et je promets bien que je vais faire de manière à ne plus montrer cette ingratitude ; car, si je vous l'avoue, ma bonne maman, c'est que je ne veux plus avoir la honte de vous l'avouer encore une fois. J'ai remarqué que quand nous sommes mauvaises, nos devoirs s'en ressentent, parce que nous les faisons sans attention et sans goût, écoutant d'une oreille et l'autre dirigée vers tous les bruits de la classe et le babil de mes compagnes, les yeux partout et suivant tous les mouvements de celles qui entrent ou sortent. Qu'en résulte-t-il, alors? C'est que nous n'avons pas la note d'honneur, et que nous restons parmi les mauvaises élèves. Je tâcherai d'être bonne, maman, et de ne jamais plus être du nombre de ces dernières.

6 janvier 1854.

Qu'il y a longtemps, ma bonne maman, que je ne vous ai *parlé de ma jeune fille,* et je ne me rappelle pas trop où je l'ai laissée....

Ah ! je crois que *je l'ai laissée* en classe.

D'abord, elle est à son banc, silencieuse, repoussant légèrement d'un signe les importunes et les causeuses. Cette conduite prudente leur impose et elles n'osent plus recommencer. Je remarque en cela le pouvoir du bon exemple.

Les cours commencent : elle est tout attentive, ne parlant que pour demander les explications nécessaires après avoir réfléchi auparavant si elle ne peut pas bien comprendre. Sa tenue est simple, elle n'occupe que la place juste qui lui est nécessaire, les jambes non croisées, le corps non courbé sur la table, car cela serait nuisible à sa poitrine; ses deux mains seules tiennent le papier et la plume, se gardant bien de mettre ses coudes sur la table, parce qu'elle sait que c'est de la dernière inconvenance devant quelqu'un qu'on doit respecter, puis Madame nous dit assez que c'est nuisible à santé si nous arrondissons nos épaules et apportons le corps trop en avant. Vous voyez, bonne mère, quelle sollicitude pour nous, et comme nous y répondons par la désobéissance; il n'y a que notre jeune âge et notre étourderie qui puissent nous excuser un peu.

7 janvier 1854.

—

Comme le temps passe avec rapidité, chère bonne mère, nous voici *déjà aux Rois*, cette fête aussi ancienne, non pas que le monde, mais que le christianisme, et qui nous rappelle ces humbles adorations au Dieu tout-puissant, d'autant plus grand qu'il était plus petit. Que l'histoire de la naissance du Sauveur est belle! Je ne puis jamais lire sans attendrissement, en pensant qu'un Dieu a daigné condescendre à subir toutes les misères de l'humanité. Je me réjouis beaucoup de tirer le gâteau des Rois ainsi que le faisaient nos grands-pères, espérant être la reine. Ce que je trouve encore très-touchant, c'est de donner la première part au bon Dieu, puis à la sainte Vierge, puis aux pauvres, qui doivent être sacrés pour nous et qui sont en ce monde pour exercer la charité des riches; car, à ce que *dit Madame*, si Dieu permet la pauvreté, c'est pour que le riche le secoure et qu'un lien d'amour et de reconnaissance unisse l'humanité. Ce serait bien beau, si l'on suivait exactement cette loi ; mais peu de personnes se donnent la peine de réfléchir profondément à leurs devoirs.

Vous m'avez appris, chère maman, à ne jamais agir sans avoir réfléchi auparavant, ou tout au moins bien vite après.

***

9 janvier 1854.

J'admets, chère maman, que *ma* jeune fille a terminé à peu près ses études et qu'elle tient compagnie à sa mère. Elle reste absolument ce qu'elle était lorsqu'elle était jeune, c'est-à-dire que ce sont les mêmes soins de sa personne, la même propreté; seulement, comme elle est plus âgée, elle fait elle-même son lit et sa chambre, essuyant tout avec une attention scrupuleuse, et *remettant* chaque jour ses armoires en ordre, *mettant* de côté tous les objets qui demandent quelque réparation, ce qu'elle a soin de faire dans la matinée, temps consacré à ces sortes d'ouvrages.

Puis, elle parcourt la maison pour s'assurer si tout y est en ordre, et enfin pour aider sa mère à donner la tâche aux domestiques, ou si elle n'en a pas, elle se met à faire elle-même l'ouvrage. Quand tout est fini, elle procède à une seconde toilette; l'ouvrage du matin étant terminé, la tenue doit être plus soignée, puisque l'heure des visites arrive. Ne croyez-pas, bonne maman, que mon jeune modèle va tout d'abord tenir la conversation, elle est trop bien élevée pour cela ; non, elle attend que la personne qui arrive lui adresse quelques paroles amicales auxquelles elle répond avec un aimable sourire et des paroles simples et polies. Vous aurez le reste, ma bonne maman, un autre jour; vous êtes bien attrapée, *petite curieuse de mère,* mais il faut remettre votre curiosité à demain.

---

11 *janvier* 1854.

Bonjour, bonne maman, hier vous avez paru contente de moi, parce que je me suis bien comportée le reste de la journée avec vous et avec les personnes qui sont venues à la maison; je n'ai pas grand mérite à cela puisque je trouve en vous un si bon exemple de convenance parfaite.

Voulez-vous que je vous dise ce que j'ai remarqué dans notre manière d'être? puis je vous dirai bien humblement ce que j'ai cru devoir faire. Une dame est entrée, d'abord nous nous sommes levées toutes deux en saluant de la manière la plus gracieuse possible; vous avez fait quelques pas en avant; et, comme cette dame est un peu de vos intimes, vous lui avez serré la main affectusement, et, sans lui dire cette phrase vulgaire : Donnez-vous la peine de vous asseoir, d'un geste aisé et gracieux, vous lui avez désigné un siége à votre droite, comme étant la meilleure place au coin du feu. Puis, après les compliments d'usage, les *comment vous portez-vous*, etc., vous avez entretenu la conversation d'une manière si aimable, en parlant de choses qui pouvaient toucher cette dame, qu'il m'a semblé qu'elle redoublait d'affection pour vous. J'ai remarqué, ma bonne mère, que vous dites souvent qu'il faut éviter de parler de soi continuellement, les autres se lassant bien vite de ce qui ne les

intéresse guère. Il faut que vous soyez
bien bonne, car ce que l'on disait paraissait vous intéresser beaucoup, quoiqu'il
ne fût question que des affaires de cette
dame. Et moi, pendant ce temps, que
faisais-je?

Tant que la conversation en resta aux
compliments, j'y pris part par quelques
mots bien simples et par un sourire qui,
à ce que je crois, était modeste, puis,
lorsqu'elle m'a paru devenir confiden-
tielle, je me suis retirée prudemment,
semblant m'occuper d'autre chose. Mais
le temps s'écoule, au revoir, chère et
bonne mère!

12 janvier 1854.

Ma bonne maman, me voici de nouveau, j'aime tant vous faire mes petites
confidences, parce que vous y répondez
avec intérêt et bonté.

J'en étais, je crois, aux visites. Enfin
la dame qui était là fut remplacée par
une autre, puis elle partit; comme vous
étiez occupée avec la dernière venue, je

savais bien que mon devoir était de re-
conduire celle qui partait, et je le fis
avec le plus de politesse possible, en m'in-
clinant et l'accompagnant jusqu'à la dernière porte. Quand nous sortons ensemble,
n'est-ce pas, maman, vous êtes aussi
contente de moi? Je tâche de ne rien faire
d'inconvenant, je me place à votre gauche, ou je prends toujours le bas du pavé,
je m'abstiens de parler trop haut, de
gesticuler, de regarder à droite et à gauche, je tâche d'être digne de ma bonne
mère ; et, si quelquefois on vous fait mon
éloge, je ne m'en attribue pas le mérite,
mais je l'attribue aux bons soins que
vous prenez de mes manières. J'oubliais
de vous dire que, grâce à vos recommandations, je tâche de bien marcher, c'est-
à-dire selon les principes qui ne veulent
pas que le talon soit posé le premier et
la pointe en dedans : je m'observais de
mon mieux, et il me semble que j'ai
marché assez légèrement et en me crot-
tant beaucoup moins. Au revoir ! ma
bonne mère.

13 janvier 1854.

—

Êtes-vous contente, ma chère maman, du portrait de ma jeune fille? J'en ai bien oublié quelques traits, sans doute, parce qu'on m'a interrompue; mais j'aurai occasion de les reprendre dans mes autres journaux, car tous les jours je vois chez mes compagnes des modèles de bien et *de mal;* par exemple, j'en connais une qui, avec des facultés d'intelligence, a une telle mollesse dans le caractère et un tel amour des amusements, qu'aussitôt qu'une chose, même la plus utile, ne l'amuse plus ou ne l'amuse pas, elle s'en dégoûte et met tous ses efforts, tous ses soins à ne pas la faire, et son grand mot pour se justifier, est : ça ne m'amuse pas ! ça me décourage ! et cette jeune fille de quinze ans n'est pas une sotte, et elle connaît le prix de l'instruction. Non-seulement elle manque d'énergie pour ses études, mais encore elle est très-enfant; dans ce genre, elle dépasse les petites filles de trois ans, ses poches sont pleines d'écorce d'orange, de bonbons, de petites

croûtes de pain, de petits papiers tor-
tillés ; de gomme qu'elle mange continuellement, malgré la défense qui en est
faite, puis elle remue sans cesse un pied
par-ci, un bras par-là, se levant, se ras-
seyant, enfin, par ses enfantillages, faisant le tourment de Madame, et, je puis
bien le dire aussi, lui causant un véritable chagrin. Croyez-vous, ma bonne maman, qu'elle se corrige un jour? Oui,
n'est-ce pas, car elle sentira qu'à son âge,
toutes ces manières-là deviennent non-
seulement inconvenantes, mais parfaitement ridicules, et le ridicule gâte une
réputation.

15 janvier 1854.

Aujourd'hui, au cours de grammaire,
par une interruption qui cependant n'est
pas tolérée, une de nos compagnes s'est
mise à singer sa voisine, démontrant
comme elle tirait la langue en penchant
la tête sur la table ; ce qui était vrai sans
doute, mais qui n'était pas charitable.
Madame lui en fit l'observation et nous
cita à cet effet la fable de *la Besace*, nous

faisant remarquer par les animaux de La Fontaine combien on est ridicule de montrer les défauts des autres, et d'oublier les siens. Madame nous a dit encore que nous devions nous attacher à bien apprendre nos fables et à bien les réciter, et pour cela bien entrer dans l'esprit de chaque personnage, car ces fables sont autant de petites comédies très-amusantes et très-instructives. Je vais donc tâcher de les relire avec attention et puis de les réciter tout haut devant vous, bonne mère, afin que vous ayez la bonté de me reprendre, et, quand je saurai bien, je ferai une bonne surprise à Madame, qui m'en récompensera avec un bon baiser affectueux. Faut-il maintenant vous parler de mes plaisirs d'hier ? Je crois n'en avoir pas le temps, ce sera pour demain. Au revoir, ma bonne maman, je me réjouis de ce soir.

---

16 *janvier* 1854.

C'est incroyable, ma chère maman ! En parlant de ridicules, tous ceux que

nous avons l'un après l'autre , et quand
je dis ridicules, c'est un mot bien doux
pour dépeindre toutes les désobéissances,
les petits mensonges et mille et une tur-
pitudes que nous ne devrions jamais nous
permettre. L'une se laisse aller à une ex-
travagante colère, donnant à ses compagnes un déplorable scandale; l'autre montre, depuis le matin jusqu'au soir, une
humeur répliqueuse et des grognements
perpétuels, ne souffrant pas qu'on lui dise
qu'elle fait mal et ne voulant jamais avoir
tort ; d'autres sont d'une dissipation sans
pareille, tournant sans cesse la tête au moindre bruit, se faisant part de mille niaiseries
qui leur passe à l'esprit, et, de cette manière, ne donnant qu'une faible attention
à leurs devoirs. D'autres encore n'ont pu
ou n'ont pas voulu se mettre à la bonne
tenue que Madame désirerait tant nous
voir, elles font le dos rond comme un
chat qui réfléchit, seulement elles ne ré-
fléchissent pas, car elles sont trop évapo-
rées ; c'est un coude sur la table, c'est
un pied qui se dresse, c'est une tête qui
fait la girouette, c'est un cabas que l'on
dérange sans nécessité, c'est une page de
son cahier que l'on déchire , c'est une rè-

gle qui manque et que l'on emprunte à sa voisine, etc.

———

18 *janvier* 1854.

Décidément, ma bonne maman, nous sautons à pieds joints sur l'hiver, pour entrer d'un seul trait dans le printemps, car l'air est tellement adouci, qu'il semble qu'on va voir l'herbe pousser. Oh ! que j'aime la verdure ! que j'aime les fleurs ! que j'aime les oiseaux ! que j'aime enfin tout ce qui existe ! Quand je vois toutes ces petites créatures du bon Dieu se mouvoir, se conduire par les mêmes lois, et que ces lois sont parfaites et ne changent jamais, je suis transportée d'admiration et je me propose, aussitôt que les insectes seront sortis de terre et commenceront leur vie de bonheur, de les observer de près afin de reconnaître de nouveau la sagesse du Créateur.

Je commencerai par les chenilles, quoique m'inspirant du dégoût, mais comme je sais qu'elles deviennent papillons, le plus joli des insectes, je surmonterai ma répugnance.

Et puis je vous avoue, ma chère maman, que je trouve ridicule les jeunes filles qui ont peur de tout, qui font des cris d'effroi à l'aspect d'un ver ; qui font semblant d'avoir des spasmes en voyant trotter une souris, ce joli petit animal si gracieux et si frétillant ; qui pleurent et se sauvent en voyant une araignée.

A la vérité, je n'éprouve pas beaucoup de sympathie pour ce hideux insecte, mais je veux l'étudier aussi. Je vous demanderai aussi de vouloir bien me donner un microscope pour mieux saisir tous ces petits détails de la construction des insectes et des plantes. En attendant toutes les jouissances que je me promets, je vous embrasse, ma bonne maman, avec toute la tendresse que je vous porte.

20 janvier 1854,

Tout justement, ma bonne mère, au moment de commencer mon journal, il se présente une occasion de vous signaler une inconvenance qui arrive trop souvent chez nous toutes, je veux dire cette indiscrétion qui nous porte à regarder avidement sur tous les livres, sur tous les écrits qui se trouvent à notre portée ou dans la main des autres. Un livre est-il ouvert sur la table de Madame, aussitôt tous les regards s'y portent avec curiosité. Deux de ces demoiselles surtout y mirent plus d'insistance encore, et Madame, pour leur montrer la faute qu'elles commettaient, offrit le livre à l'une d'elles avec beaucoup de politesse. Celle-ci, intérieurement humiliée, (car le faux amour-propre souffre toujours d'une remontrance), affecta de rire beaucoup d'un petit air moqueur qui ne manquait pas d'impertinence ; alors Madame fut obligée de faire une petite semonce, que l'élève aura dû prendre avec humilité et un léger repentir, si elle a le cœur aussi haut placé que je le présume. Une chose que j'ai remarquée, ma bonne maman, c'est la douceur et la bonté avec laquelle Madame réprimande ses élèves, même lorsqu'elles l'ont offensée personnellement ; aussi, je ne conçois pas que l'on puisse recommencer et lui faire gratuitement de la peine. Il serait bien malheureux pour elle si nous étions toutes de même.

Mais quittons ce sujet pénible, et parlons, comme on dit, de la pluie et du beau temps, qui est magnifique pour la saison, un peu froid, par exemple; qu'est-ce que cela fait, puisque nous nous enveloppons dans nos manchons, nos cache-nez et nos fourrures? Le cours change, le tapage arrive, je vous quitte, bonne maman.

22 janvier 1854.

Hier, ma bonne maman, nous avons eu une espèce d'inquiétude sur une de nos compagnes, qui, manquant à la classe, nous faisait supposer qu'elle était malade. Plusieurs fois, nous en parlâmes et cela nous occupait continuellement. Il paraît que Madame l'a remarqué, et elle en a fait part à quelqu'un, en ajoutant que c'était la première fois qu'elle nous voyait si touchées de ce qui peut arriver de malheureux aux autres; car, en général, nous sommes égoïstes, c'est le mot, c'est-à-dire que plusieurs d'entre nous sont tombées malades, sont mortes même, et cela ne nous empêchait pas de rire, de jouer, et le lendemain il n'y paraissait plus.

C'est bien vrai, pourtant, que nous ne sommes pas bonnes les unes pour les autres. D'abord, nous nous disputons et nous accusons sans cesse, et nous ne nous épargnons pas les petites médisances, les portant même sur les parents de nos compagnes; c'est affreux, n'est-ce pas, bonne maman, nous qui devrions respecter tout ce qui est au-dessus de nous par l'âge ou par la position.

Je me dépêche bien vite de vous dire que moi je ne me permets pas cela, vous en seriez désolée, car tout ce qui est mal de ma part vous fait de la peine.

Cependant, il faut que je vous dise (car je dois être sincère), que l'on a été obligée aujourd'hui de me faire changer de place, parce que je ne cessais de rire et de causer avec la compagne susdite, revenue de sa maladie, et faisant de nouveau usage de sa langue. Je me repens de cette incartade, et je vous promets, chère maman, de faire mon possible pour n'avoir plus à vous en signaler de pareilles. Sur cet espoir, donnez-moi un bon baiser et recevez les miens.

—

24 *janvier* 1854.

Encore un jeudi que nous laissons derrière nous, chère maman. Les semaines
s'écoulent si vite, les jours s'entassent sur
les jours, et, dans tout ce temps qui reste
dans le passé, je ne sais trop si nous
pouvons compter beaucoup de bonnes
actions. Cela m'afflige, ma bonne maman, car je désirerais tant être bien,
c'est-à-dire avoir le moins de défauts
possible. Chaque fois que je dis mes
prières, je tâche d'y mettre toute mon
attention, car je sais que je parle à Dieu,
je lui demande cette grâce avec instance.
Trouvez-vous donc, ma bonne maman,
que j'aie fait des progrès? Je me décourage quand je vois mes défauts revenir
les uns après les autres, et quelquefois
tous ensemble. Ainsi, par exemple, je suis
molle et paresseuse au travail de mes devoirs, souvent j'y porte si peu d'attention
que j'analyse tout de travers, et cependant je suis la plus grande et la plus
avancée ; c'est honteux, n'est-ce pas ? Et,
ce qui est plus honteux encore, c'est que

je me fâche quand Madame me fait de justes représentations, je fais la mine, et lorsque je suis obligée de parler, je le fais si bas que personne ne m'entend, et je le fais positivement pour contrarier Madame. Vous savez cependant que j'ai le cœur bon, et que, lorsque je puis obliger, c'est avec un véritable bonheur ; je ne conçois pas pourquoi je fais de la peine à mes maîtresses, puisque, non-seulement mes contrariétés leur en font, mais encore mes dissipations et mes gaietés hors de saison ; car, parfois, j'affecte de parler bas, d'autres fois je suis sourde aux représentations et je ris, je parle tout haut comme si j'étais dans ma chambre, et j'ai la douleur de vous dire que les autres suivent mon exemple. Mon Dieu ! que c'est laid ! Me le pardonnerez-vous, bonne maman ?

---

28 janvier 1854.

Je ne vous étonnerai pas, ma bonne maman, en vous apprenant qu'il fait un brouillard épais, et comme on dit vulgairement, *à couper au couteau.*

Je suis toujours étonnée quand je vois ces phénomènes de la nature ; je voudrais en connaître toutes les causes, c'est-à-dire, pénétrer sûrement les secrets de Dieu, et cela n'est pas possible, il faut se contenter de la faible science que les hommes peuvent arracher.

Je *me suis laissé dire* (expression de bonnes femmes), que le brouillard est une exhalaison qui s'échappe de la terre et se répand à la surface, y reste quand l'air est trop pesant pour monter plus haut, ma's lorsque l'air devient plus vif, cette vapeur monte et se forme en nuages, ce qui, plus tard, nous donne de la pluie, de sorte qu'il n'y a rien de perdu dans la nature.

La pluie retombe dans la terre qui reformera de nouvelles vapeurs. Je passerais volontiers toute ma vie à penser à toutes ces choses, à les admirer, à remercier Dieu de sa grande bonté, mais malheureusement les occupations de la journée nous entraînent et nous ôtent le temps de penser. Je vous vois rire, bonne maman, au mot d'occupation, en pensant que rien de bien grave ne m'occupe.

Ah! ma bonne maman, vous croyez
donc que ce n'est rien de faire des journaux, de la grammaire, des compositions
de toutes sortes, des pensums à n'en plus
finir, et des leçons à étudier, et des vers
à réciter, etc.!.. Ah! vous croyez que cela
ne prend pas du temps! Oh! que si,
allez, car j'ai à peine le temps de dire un
mot a ma poupée ou à mes autres jeux ;
et, par-dessus le marché, le piano, le
malheureux piano que j'aime et que je
voudrais souvent voir à cent lieues!...
c'est-à-dire dans mes mauvais jours, dans
mes jours de paresse Espérons qu'ils di-
minueront, ces jours mauvais, et qu'il
n'en restera plus aucune trace.

30 *janvier* 1854.

La journée allait commencer, ma
chère maman, par le tapage ordinaire,
quand Madame y mit bon ordre en
envoyant à l'autre bout de la table la
plus bruyante et l'une des plus indisci-
plinées ; ce qui le prouve bien, c'est qu'au
lieu de subir de bonne grace cette légère

punition, elle se mit à murmurer, à faire des hochements de tête, tout à fait comme le ferait une petite fille sans éducation ; elle ajouta même, comme pour couronner son œuvre, qu'elle ne voyait pas clair où elle était. *Sur ce*, Madame lui promit une paire de lunettes.

N'est-ce pas donc, maman, que c'est bien mal commencer la journée?

D'abord, une dissipation, puis une désobéissance et une réplique! Comme au fond elle n'est pas une mauvaise fille, je suis sûre que sa conduite sera meilleure, parce qu'elle réfléchira sagement, et puis, elle doit faire sa première communion cette année, et c'est une grande raison pour tâcher de s'améliorer, car je connais beaucoup de jeunes filles qui, de très-dissipées, sont devenues très-sages depuis cette époque solennelle.

Pendant que je vous trace cette petite scène et que je blâme une de mes compagnes, voilà-t-il pas, ma bonne maman, que je tombe dans un autre travers. Au milieu de la dictée, Madame corrigeait un devoir et signalait une faute, et même deux ou trois, je crois, elle me demanda d'expliquer cette faute; voilà, moi, avec

ma promptitude et ma légèreté ordinaires
(Madame me dit même mon amour-propre un peu trop grand), que je me hâte
de répondre sans réfléchir, et nécessai-
rement je me trompai, et, croyant réparer
l'affaire, j'entassai les mots sur les mots
et les fautes sur les fautes. Qui fut pe-
naude ? Ce fut moi.

----

2 *février* -1854.

Vous ne savez pas, bonne maman, que
nous allons faire une petite loterie, comme
celle de l'année dernière, et dont le pro-
duit sera pour habiller une petite fille
pauvre du Catéchisme de Persévérance.

Ce Catéchisme a pour but de nous faire
persévérer dans le bien, et nos excellents
vicaires rivalisent de zèle pour que l'instruction nous profite.

Mais ce n'est pas tout, il faut que les
actions se joignent aux préceptes, et,
pour cela, nous avons imaginé de rendre
heureuse une jeune fille méritante, en la
rhabillant des pieds à la tête. Nous faisons donc tous nos efforts pour fournir

chacune un lot qui ait quelque valeur ;
puis, ensuite, nous demanderons à nos
bons parents la permission de prendre
des billets, qui, du reste, ne sont pas chers,
car cela ne coûte que deux sous ou dix
centimes. Quand tout cela sera complet,
oh ! comme je me rejouis.... Alors on ti-
rera la loterie, et puis il est possible que,
pour augmenter la somme, les grandes
demoiselles de la classe jouent une comédie que l'on paiera (et c'est justice) la
somme de vingt-cinq centimes, ma s seulement les personnes étrangères.

Par exemple, je désire bien que nos
jeunes actrices se persuadent qu'elles
doivent garder leur sérieux et ne pas
s'efforcer de rire comme elles ont fait la
dernière fois d'une manière un peu in-
convenante ; car, lorsqu'on fait tant que
d'entreprendre une chose sérieuse, d'en
rendre le public témoin, il faut le respecter et se respecter soi-même ; du moins
c'est ce que j'ai entendu dire par les personnes qui se trouvaient là.

J'allais continuer quand ma vue a été
distraite par une de mes compagnes qui
se tenait si mal, que je n'ai pu m'empêcher de rire, et Madame lui a dit que

son petit coude pointu ressemblait à une
équerre bien étalée et gênant tout le
monde.

------

4 *février* 1854.

Il y a une grande contestation aujour-
d'hui au sujet d'un carreau cassé pendant la récréation de mercredi dernier.
Je trouve bien indélicat de la part de celle
qui en est coupable de ne rien dire et de
laisser peser cette indélicatesse sur les
autres, ce qui est bien plus grave que les
trois sous que nous serons obligées de
donner, et qui, cependant, font murmurer
des petites filles qui n'ont pas assez réfléchi sur la délicatesse même. Je trouve
qu'en général nous ne sommes pas assez
réservées dans nos manières à l'égard de
la maison où nous recevons notre éducation. Nous la traitons, comme dit Madame, à la façon des Cosaques en pays
conquis, brisant, déchirant, gaspillant,
n'ayant aucun égard pour les personnes,
ni pour les lieux, et par-dessus tout, lorsqu'on nous prend en faute, c'est par une
dénégation que nous y répondons.

Quand je considère tous les défauts que nous avons, je tremble qu'il ne nous en reste beaucoup, même après notre édution terminée; alors, ce ne serait plus de l'éducation, car ce mot veut dire perfectionnement moral, et les défauts qui partent du cœur ne peuvent exister dans ce perfectionnement. Mais Madame y mettra bon ordre, je pense. Elle nous aime trop pour ne pas faire tous ses efforts afin de détruire l'ennemi qui est en nous : le mauvais cœur! Vous verrez, maman, qu'avant peu je ne vous dirai que du bien de celles qui autrefois ne faisaient que du mal.

---

6 février 1854.

Tout en vous adressant ainsi chaque jour mes pensées et mes actions, chère maman, nous atteignons tout doucement l'époque du carnaval.... Carnaval! Savez-vous ce que veut dire ce mot? Vous le savez, n'est-ce pas? Eh bien! c'est égal, je vais encore vous le dire, parce que je tiens à me débarrasser de ma science, ainsi que le barbier du roi Midas, qui, embarrassé de son secret, ne trouva rien de mieux que de le confier à la terre en y faisant un trou. Mais, ô surprise ! vous le savez, à cette place, sur le champ, il s'éleva des roseaux qui, s'entre-choquant, divulguaient le secret en produisant ces paroles : « Midas, le roi Midas a des oreilles d'âne. » Ceci, bonne maman, est renouvelé des Grecs ; eh bien ! c'est encore de la science. Oh ! *j'en suis gonflée aujourd'hui, il faut que ça crève.*

Mais revenons à notre *carnaval,* vous n'en serez pas quitte. Eh bien ! donc, comme c'est un moment de réjouissance, naturellement la bouche y tient la première place, et la viande ou la *chair* n'y est pas épargnée ; non-seulement on la mange, mais on *l'avale,* ce qui a fait chair avale, c'est-à-dire carnaval.

J'espère que tout est bien clair ; voulez-vous que j'ajoute encore un trait d'érudition ? Eh bien ! à Rome, à cette époque, on permettait aux esclaves de devenir maîtres et de se faire servir par leurs maîtres mêmes, et je vous réponds qu'ils ne s'en faisaient pas faute. De là, sans doute, est venue la coutume des déguisements et de la licence qui en est la suite.

Dites encore après cela, bonne mère, que je ne profite pas; je passe des Grecs aux Romains sans la moindre gêne, et vous en verrez bien d'autres si, comme au petit poisson de La Fontaine, Dieu me prête vie....Oh! je m'arrête. Décidément, comme le Garo de La Fontaine, encore! Je ne dormirai pas parce que j'ai *trop d'esprit*, probablement trop de modestie aussi.

Votre follette de petite fille.

———

Bonjour, bonne maman, j'arrive de la lune et je vais vous en donner des nouvelles toutes fraîches.

Vous avez plus d'une fois remarqué à cette bonne vieille lune, des yeux, un nez, une bouche, et, afin qu'on n'en ignore pas, nos faiseurs d'Almanachs ont un grand soin de lui faire une figure, bonne face s'il en fut jamais. Eh bien! ce nez, ces yeux, cette bouche, ne sont autre chose, à ce que disent les savants, que des abîmes dans cette planète, comme des mers, des fleuves, etc. Maintenant la cause de cette lumière qui revient périodiquement chaque mois, la voici : il faut y croire puisque nous ne pouvons y aller voir.

Attention, bonne mère, me voilà comme l'homme à la lanterne magique, armée de ma baguette. —Eh! voilà monsieur le Soleil et madame la Lune!... Mais, quittons la plaisanterie, je reprends mon sérieux car le sujet est grave.

La lune donc tourne autour de la terre, on l'appelle son satellite, parce qu'elle suit son mouvement et tourne sans cesse autour d'elle ; mais, quoique attachée à notre planète, elle se permet le mouvement de rotation, c'est-à-dire tournant sur elle-même comme tous les astres au reste en ont un. C'est ce mouvement, dit-on, qui les maintient dans l'espace. Or, pendant qu'elle tourne, elle a une de ses faces éclairée par le soleil durant à peu près vingt-huit jours, ce qui fait au bout de l'année treize lunes. La face éclairée renvoie sa lumière à la terre, comme une vitre renvoie les rayons du soleil et éclaire une autre partie de l'appartement, sans que cette lueur soit

chaude. Telle est la clarté de la lune;
elle n'échauffe pas....

Il est l'heure, car Mademoiselle tire
sa montre, signal de la fin de notre dictée et de la lune pour aujourd'hui.

———

Je ne sais pas, chère maman, si j'ai
terminé l'histoire de la lune. Je ne crois
pas vous avoir dit comment il se fait que
tantôt nous sommes éclairés et tantôt
nous ne le sommes plus. Vous savez que
pendant un certain temps nous sommes
dans l'obscurité; c'est qu'alors il y a ce
qu'on appelle la nouvelle lune, n'en
croyez rien, c'est toujours la même;
mais comme elle a fait sa révolution, elle
recommence à montrer non pas *le bout
de son nez*, elle ne le montrera qu'au premier quartier; elle se montre de face à
la terre, mais comme la terre est entre
elle et le soleil, la lune ne reçoit aucun
des rayons du soleil; petit à petit elle se
glisse, et c'est alors qu'un quart de sa face
est éclairée; *et c'est alors* le premier quartier. Chaque jour, vous devez bien le voir,
la figure s'élargit, la clarté augmente,

dure plus longtemps , commence plus
tard et enfin nous arrivons à la pleine
lune, moment où le soleil donne en plein
et où toute cette clarté resplendit sur la
terre, qui n'est plus directement entre ce
bel astre et la lune.

Il en est ainsi de son déclin ; et puis
toujours comme cela, et il en sera toujours de même, parce qu'il en a toujours
été ainsi. Je n'ai donc pas tort de l'appeler vieille lune, quoiqu'elle me paraisse
toujours nouvelle tant je l'aime et je la
trouve belle. Si j'osais me comparer à
Titus, je dirais par la plume de Racine
et en le parodiant :

Depuis douze ans entiers, chaque jour je la vois.
Et crois toujours la voir pour la première fois.

A propos de Racine, je vous dirai, la
première fois, comment un ignorant monsieur cherchait à se le rappeler. Adieu,
bonne mère, à ce soir.

—

12 *février* 1854.

—

Le moment de la loterie s'avance, bonne maman, les lots abondent, et j'espère que notre petite fille sera habillée de la tête aux pieds, c'est-à-dire que, quoique simple, rien ne manquera à la toilette, depuis le bonnet jusqu'aux souliers. Quel bonheur on éprouve à pouvoir faire le bien, à pouvoir faire des heureux, et cela avec si peu de chose: la légère privation d'un objet d'amusement pour un lot, et quelques sous pris dans notre bourse ou dans celle de nos parents.

Ce n'est pas tout encore, nous encourageons des jeunes filles à se bien conduire au moins pendant un an; et quand on se conduit bien pendant un an, n'est-ce pas, bonne mère, on peut se conduire bien toujours.

Dois-je vous dire, ma chère maman, que la gelée est *revenue de plus belle*, et que la neige tombait hier comme si nous avions été au commencement de l'hiver; le soir, la lune, presque dans son plein, éclairait d'une manière si éclatante que

cela donnait envie de se promener toute
la nuit : c'était un vrai soleil. Je ne puis
jamais m'empêcher d'admirer cet astre
et d'adorer son créateur et le nôtre ; je
voudrais, chère maman, à force de le
contempler, découvrir les secrets de
Dieu et savoir si ce globe magnifique est
habité, et par quelle sorte d'habitants.
Sont-ils faits comme nous ? Parlent-ils
comme nous ? Les verrons-nous un jour ?
Il paraît, il y a quelques années, que de
mauvais plaisants avaient fait courir le
bruit qu'à l'aide d'un instrument perfec-
tionné, des astronomes avaient découvert
les habitants de cette planète, et, qu'au
lieu de se servir de jambes pour se trans-
porter d'un lieu à un autre, ils sautaient
comme des sauterelles ! Ah bien ! moi,
j'aimerais assez cette locomotion. Je me
rappelle même avoir plus d'une fois rêvé
que je me promenais de cette manière.
N'est-ce pas donc que les rêves sont bizarres ? Quoi qu'il en soit, et malgré les
explications de notre cosmographie, j'ai
peine à croire que cette lumière si vive
projetée par la lune ne soit qu'une ré-
verbération du soleil, qui, frappant d'a-
plomb sur la lune, qui est opaque, c'est-

à-dire non transparente, nous renvoie directement la lumière.

Demain, maman, je vous donnerai la suite de cette merveilleuse histoire; quoique *aimant la lune avec passion*, j'espère bien n'être jamais lunatique.

18 *février* 1854.

Cette fois, ma chère maman, je ne plaisante plus; l'hiver, mon ennemi, revient avec plus de force que jamais, la neige et les vents se sont disputés cette nuit à qui mieux mieux, et me couchant avec la pluie, je suis bien étonnée de me lever avec deux pieds de neige; et puis, un peu après, le soleil le plus beau brillait sur cette même neige. Quand cela finira-t-il?

Oh! qu'il me tarde d'en être aux violettes et à la verdure, aux oiseaux et même aux mouches, ce parasite ailé, comme dit La Fontaine, que je veux vous raconter, ou plutôt l'anecdote sur le monsieur ignorant. Je dis anecdote, parce que, ma bonne mère, je

sais en faire la distinction avec l'histoire
qui est une vie en entier. L'anecdote n'est
qu'un fait détaché de l'histoire. Donc,
mon Monsieur était comme ceux qui ne
savent rien, il tenait à faire croire qu'il
savait beaucoup et voulait expliquer
qu'il avait lu des tragédies et ne pouvait
se rappeler le nom de l'auteur, il faisait
des efforts incroyables pour le retrouver.
Enfin, dit-il, comme par une inspiration
soudaine, vous savez? c'est ce monsieur
avec lequel on fait des tabatières ! Il voulait parler de Racine; or, vous savez
mieux que moi que l'on fait des tabatières avec des racines de buis.

Ceci est une bonne leçon pour les pré-
somptueux qui, ne s'étant pas donné la
peine de s'instruire, n'en veulent pas
moins parler à tort et à travers; c'est
encore bien plus ridicule pour nous, jeunes filles, qui devons garder un silence
modeste et ne parler que lorsqu'on nous
interroge. J'ai toujours vu que celles qui
agissaient différemment ne disaient que
des sottises et faisaient lever les épaules
aux personnes raisonnables.

Mon Dieu, maman, est-ce que j'aurais ce défaut-là? Veuillez donc bien

m'en avertir tout aussitôt, et je vous promets de réparer sur le champ mon incartade.

———

19 *février* 1854.

Je regrette beaucoup, chère maman,
que vous n'ayez pu assister hier à la
grand'messe, vous auriez entendu un
très-beau sermon sur la charité.

C'est bien le moment, car plus que jamais le pauvre a besoin de secours, *car*
la mauvaise saison se prolonge. Voici à
peu près ce que j'en ai retenu. « Dieu a
« mis en nous un foyer d'affection, nous
« avons besoin d'aimer, et *c'est* si vrai,
« que si nous sommes isolés et privés de
« l'affection des hommes, nous nous at-
« tachons à un chien, à un chat, à un oi-
« seau, et nous sommes heureux quand
« ces brutes nous aiment, nous regrettent,
« nous attendent. Eh bien ! au lieu de
« nous attacher à la brute, reportons nos
« affections sur l'homme, notre sembla-
« ble, sur le pauvre déshérité de tous les
« biens matériels de la vie. Mais, me
« direz-vous, le pauvre est sale, il man-

« que d'éducation, il est paresseux, il
« est vieux, il est ingrat; c'est vrai, vous
« aussi, vous avez des vices que rien ne
‹ justifie, parce que vous avez reçu de l'é-
« ducation, parce que le besoin n'est pas
« là pour vous entraîner au mal. Vous
« devez donc le secourir, le supporter,
« le rechercher même, afin qu'il ne se
« croie pas un objet de rebut; il faut le
« moraliser et par les préceptes et vos
« exemples : montrez-lui que le travail
« et l'ordre sont la base de toute prospé-
« rité et la source du bien-être. La reli-
« gion seule peut nous amener à de tels
« sentiments, etc. »

Le prédicateur a encore ajouté beaucoup d'autres choses; mais vous concevez, bonne maman, que je n'ai pas assez
de mémoire pour retenir le sermon d'un
bout à l'autre, je veux seulement vous
montrer que je suis attentive... Oh! les
petites importunes qui reviennent de la
musique et qui me troublent dans ma nar-
ration; ainsi, adieu, bonne et tendre
mère...

—

Ah! pour le coup, bonne maman, c'est le carnaval. Aussi le voit-on dans la classe, *qui brille* par l'absence des *trois quarts* des élèves; les petites follettes qui se dépêchent de s'amuser, de peur de n'en avoir plus le temps; je suis sûre que plus d'une s'occupe à *tripoter* des beignets. Voulez-vous me permettre d'en faire, bonne maman? Vous riez; eh bien! laissez-moi essayer. Voici comme je *fais* : d'abord, je *prends* un tablier de cuisine bien blanc, car la plus grande propreté doit présider à cette action, et, pour ce, je commence par ôter le deuil qui orne mes ongles, en employant la brosse, que trop souvent j'oublie dans ma toilette; *j'ai*, préalablement, bien *nettoyé* la table sur laquelle je vais pétrir; je prends de la fleur de farine, c'est-à-dire la plus blanche, la plus légère, je fais un rond dans le milieu avec ma main, formant ainsi comme une muraille, ou plutôt comme un puits dans lequel je casse mes œufs, j'y mets du sucre en poudre, de l'essence d'orange, ou de l'eau distillée d'oranger, un peu d'eau de-vie ou de rhum, puis je commence à broyer le tout ensemble, bien délicatement, me servant d'abord d'une main, parce que je crains de m'empâter tout à fait, puis l'ardeur m'emportant, je prends mes deux mains, et je broie, et j'écrase, et je tourne, et je retourne! ma foi, je sue!...

Alors, je présume que la pâte est bien faite, *alors* je la coupe en morceaux raisonnablement gros pour que mon rouleau et mes petites mains puissent l'étendre avec facilité. Mais comme cela est trop long à décrire, je remets à demain.

21 *février* 1854.

Me voici, chère maman, dépêchons-nous de terminer nos beignets, la graisse chaude nous attend; ma pâte est faite et étendue, je la coupe de toutes formes bizarres et capricieuses; là, des petits ronds, des losanges, des spirales, des carrés plats; je simule des fleurs, des animaux, même, je me trémousse comme si j'accomplissais une action importante.

Je pose enfin mon premier morceau dans la poêle ardente, *gri, gri, gri!* ma graisse grésille, saisit mon beignet, le

jaunit d'une belle couleur dorée ; je saisis
aussi le moment favorable, je le prends
avec adresse, le laisse s'égoutter, pour que
la graisse s'en détache, je le saupoudre
de sucre, je le place sur le plat attendant
ses camarades qui frétillent aussi dans la
poêle ; mais je me dois à moi-même, et
afin de ne tromper personne, de goûter
mes œuvres d'abord ; je prends donc délicatement mes deux doigts, j'enlève mon
beignet, je prends mes deux autres doigts
de la main gauche pour en détacher la
moitié, je le goûte, et je dis : Ils sont
bons !... Et je mange le reste. Je recommence avec ardeur et d'en faire et d'en
oûter ; alors vous me dites, ma bonne
maman : Mais si tu vas de ce train là, il
n'en restera plus guère pour les autres ; je
ris et j'arrive à la fin de mon œuvre.

Voilà, bonne mère, le programme, et
comme se font les beignets. Vous êtes
étonnée de ma science culinaire, mais je
vous étonnerais bien davantage encore
si je vous apprenais comme l'on fait une
certaine pâtisserie ; vous en dire le nom,
ma bouche et ma plume s'y refusent également ; qu'il vous suffise de savoir que
ma décence a donné un nom nouveau à

ce bien ancien mets ; que ce nom , sans trop m'éloigner du sujet, donne le change aux gourmands. Ce nom , je ne vous le dirai cependant pas, mais dans mon prochain journal je vous en donnerai la recette.

---

4 mars 1854.

Dieu merci, chère maman , le carnaval est fini avec toutes ses folles joies et ses dîners sans fin! Ça vous étonne, ma chère maman, de m'entendre parler ainsi, moi, que vous avez vue si ardente à tous ces plaisirs. Ah ! c'est qu'on se lasse bien vite d'une vie irrégulière qui ne laisse que trouble dans l'esprit, et l'on revient avec bonheur aux habitudes d'ordre et de paix qui rendent le repos à l'âme.

Nous avons donc repris nos travaux et nos études, je dirai même, nos petits jeux de la classe; je voudrais pouvoir dire que nous n'avons pas repris nos défauts et que nous les avons laissés derrière nous dans le carnaval, mais, hélas ! il n'en est rien,

nous sommes aussi dissipées, aussi malhonnêtes qu'auparavant. Hier, j'ai vu
l'une de nous qui affectait de dire de
grosses inepties, pensant bien vexer Madame et faire rire ses compagnes; j'avoue,
maman, que je ne ris pas, moi, cela me
fait trop de peine, et pour ma maîtresse
et pour ma compagne, l'une de l'insulte
reçue, l'autre de l'insulte dont elle se
rendait coupable. Tout ce que je puis
dire en faveur de cette dernière, c'est que
probablement elle ne sent pas toute l'im-
portance de ses actions, mais je suis persuadée que l'approche de sa première
communion la changera, qu'elle s'éton-
nera de l'inconvenance de ses manières,
et qu'elle deviendra aussi affectueuse
qu'elle a été sèche et moqueuse.

Hier soir, ma bonne maman, j'ai
été bien touchée à l'église de la cérémonie du Chemin de la Croix ; les prê-
tres s'arrêtaient à chaque station ; puis
on chantait le Stabat, chant si triste, si
douloureux, puis un prêtre qui était en
chaire, lisait une douleur de Jésus-Christ
et son exemple à imiter.

Ah ! que nous serions parfaites si nous
cherchions de bonne foi à lui ressem-

bler. Voilà que les turbulentes remon-
tent ; elles m'interrompent. Adieu, ma
chère maman.

www.ingramcontent.com/pod-product-compliance
Lightning Source LLC
Chambersburg PA
CBHW070849030726
47504CB00005B/1285